JN166976

きのうの影踏み

辻村深月

角川文庫
21101

扉イラスト／笹井一個
扉デザイン／祖父江慎＋福島よし恵（cozfish）

目次

十円参り

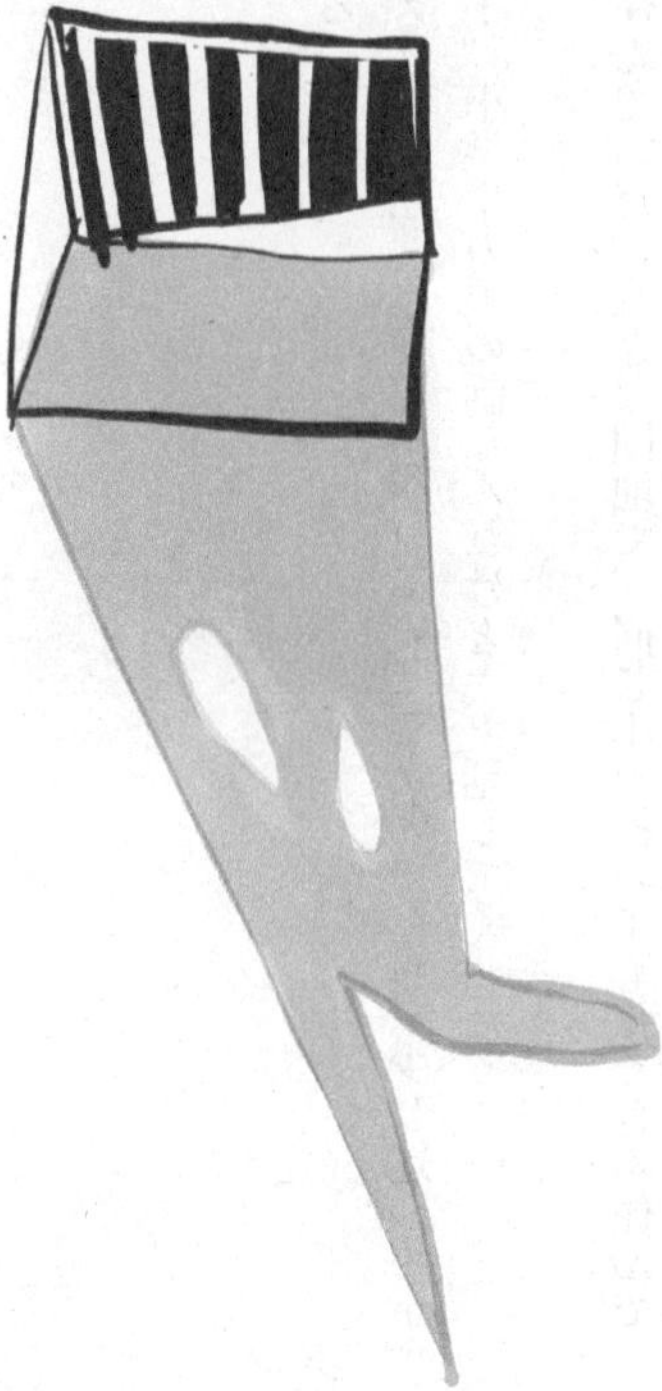

友人に聞いた話である。

無類の怪談好きである私が、「何か怖い話知らない？」と聞いたら、少し迷ってから「怖いっていうか……。小学生の頃の話なんだけど」と話してくれた。

当時、彼女は団地に住んでいた。大きな団地で、同じ小学校の子もたくさん住んでいた。四つの棟からなる団地の建物の中央には、砂場や遊具がある小さな公園と、「集会所」と呼ばれるプレハブ小屋があった。

「集会所は、月に一度団地の自治会の集まりがあったり、団地の子どもたちが集まってクリスマス会や七夕みたいなイベントをする、団地の公民館みたいな場所だったんだよね。春にはお祭りがあって、お母さんたちが甘酒やおでん作って配ってくれたり。

私、好きだったな」

集会所は特に鍵《かぎ》がかかっているわけでもなく、誰が置いていったともしれない漫画本がたくさん並ぶ本棚があったり、普段からよく人が出入りしていたという。共働きの両親を持つ子どもが、そこで漫画を読みながら親の帰りを待つようなことも多かったそうだ。中には学校の会議室などでよく見られるような折りたたみ式の机やパイプ椅子があって、みんな好き勝手に使っていた。

「もっとも、その中でもよく来る人は決まってるし、団地に住んでいる人以外が出入りすると目立つから、不審者が来るようなこともなかった。平和な時代だったんだなあと思う」

ある日、その集会所で二人の少女が待ち合わせをした。

ミサキとマヤという小学五年生の少女で、学校でも同じクラスだった。ともに生まれた時から団地に住み、似たような環境で育ったせいか、学校でも仲が良く、親同士も親しかった。

二人は集会所の薄いスリッパを履いて、すみに置かれた椅子に座った。

　不思議とその日は、彼女たちの他には誰も人の姿はなかったと言う。ミサキもマヤも、それを好都合だと判断した。その日、二人は大事なことを話し合わなければならなかった。

「『どうしてなっちゃんが消えたのか話し合わなくちゃ』って、二人で相談してたの」

「『消えた』ってどういうこと？」

　私が尋ねると、友人は肩を竦《すく》めた。

「その頃、団地の子どもたちの間で都市伝説っていうか、妙なおまじないがはやってたんだ。丑《うし》の刻参りやお百度参りの簡易版みたいなものなんだけど」

　団地の裏山にある神社の賽銭《さいせん》箱に、嫌いな人、〝消したい〟人の名前を書いた紙を、十円玉と一緒に十日間続けて投げ込む。十日の間一度も欠かしてはならないし、紙と十円玉を入れているところを人に見られてしまってもいけない。

　十日間続けて成し遂げた者は、願いを成就させることができる。紙に書かれた名前の人間を、消してもらえるのだという。

「願いが叶《かな》った場合には、賽銭箱の中に入れた十日分の紙が血みたいな真っ赤な色になるんだって」

「見たことあるの？」

「ないけど、そういう話だから。そんなもんでしょ？　都市伝説なんて」

この賽銭箱の十円参りは、「十日」という期間が肝なのだと言う。

「子どものことだから、すぐにかーっと頭に血がのぼることなんてちょくちょくあると思うのね。私にも覚えがあるけど、先生やお母さんに注意されてムカついたり、友達同士のちょっとしたケンカでも、その子と次の日顔合わせること考えただけで、学校行きたくないって思いつめたり。だけど、そんなことでいちいち賽銭箱に『消しちゃえ』って名前を入れてたらキリがない」

団地の子どもたちは、注意された大人やケンカした友達の名前を誰でも一度くらいは入れたことがあるのではないか、と言う。

しかし、その時の怒りがどれだけ大きくても、感情が長続きしない。

「最初にかっとなって名前を入れちゃったとしても、激しい怒りはせいぜい二日もすれば収まるから。十日のうちには冷静になって、子どものことだし、めんどくさくなる。人に見られちゃいけないっていうのもなかなか難しいし、お小遣いの中から毎日十円出すのも、大金ってほどじゃないにしろ、惜しい気がするしね」

だから、十日間も気持ちを持ち続け、名前の紙と十円を投じ続ける子どもなど、滅多にいなかったのだと言う。

しかし、その日集会所に集まったミサキとマヤの悩みは深刻だった。

団地に住む小学五年生の女子は、ミサキとマヤと、本当だったらもう一人「なっちゃん」という子どもがいたはずだった。

同じ年の三人は普段から仲が良く、皆両親が共働きだったこともあって、団地内の集会所や公園、例の賽銭箱のある神社などでよく一緒に遊んでいた。

ある時、なっちゃんと遊ぶ約束をしていたミサキが彼女の家を訪ねると、そこで待っているはずの彼女が出てこなかった。不思議に思って「なっちゃん?」と呼びかけ、ドアを開けると、無用心にも家の鍵がかかっていなかった。中を覗《のぞ》き込んだのだが、なっちゃんの姿はどこにもない。テーブルの上に、半分ほどカルピスが入ったコップが、まるで子どもの飲みかけのように残されていた。

不思議に思いながら家に帰ってふと壁を見ると、電話機の横に貼っておいたクラスの非常用連絡網から、なっちゃんの名前と番号が消えていた。

びっくりしながら見ていると、電話が鳴った。団地の隣の棟に住むマヤからだった。取り乱した声で「なっちゃんが消えちゃった」と言う。彼女は部屋に、なっちゃんと二人で撮った写真を貼っていたそうなのだが、その中から削り取られるようにして、なっちゃんの姿だけが消えてしまったのだと言う。肩を組み合っていた写真だったのに、マヤの手は何もない宙にかかしの腕のようにぶらんと伸びているだけ。

相手の話を聞いて、ともに、ぞっと鳥肌が立った。

「とにかく、二人して必死になって調べた。だけど、その家にはもともとなっちゃんなんていう子どもはいなかったみたいに、なっちゃんがいたことを示すものが、何にもなくなってた」

どの名簿を見ても写真を見ても、なっちゃんの記憶は二人の頭の中にしかない。なっちゃんは確かにいたのに、消えてしまっていた。

二人はすぐに、賽銭箱の都市伝説のことを思い出した。集会所に集まり、なっちゃんは何故消えてしまったのか、もし賽銭箱の十円参りが関係しているなら、誰がそれをやったのかについてを話し合うことになった。

誰かが消してしまったなら、その相手を許さないと泣いたと言う。

「二人とも、なっちゃんのことを一番の友達だと思ってたから、消えちゃうなんて考えられなかった。優しくて、声を荒らげることもなくいつもにこにこしてる彼女のことが本当に好きだったから。クラスの他のみんなもそうだった。班替えやグループ分けがある時には、みんな真っ先になっちゃんとなりたがるの。遠足の時なんか、一緒にお弁当食べようよっていう女子が多すぎて、結局なっちゃんがみんなで食べようって言ったせいで、ものすごく大人数がシートをくっつけて食べたこともあるの」

なっちゃんは、人に嫌われることも、恨まれることも、絶対にないはずの子だった。クラスメート一人一人の顔を思い浮かべ、賽銭箱の十円参りをしたかもしれない容疑者を順に消していくと、心当たりは誰もいなくなってしまった。

二人は顔を見合わせ、やがて、どちらからともなく、試すように「あなたってことはないよね？」と尋ね合った。

いつも三人で仲が良かったけど、逆に言えば、なっちゃんと一番長く時間を過ごしてきたのはお互いだ。

ミサキもマヤも「そんなことしてないっ！」と首を振った。大好きななっちゃんを消してしまうはずない。

しかし、話し合い、疑う相手の名前も尽きていた二人は、では、もしなっちゃんが消されたとするならその理由はなんだろう、あの優しい子に嫌われるような悪いところがあっただろうか、と考え始めた。

すると、「実は……」とマヤが語り出した。

十日間続けて名前を書き、願いを成就させることはなかったけれど、たった一度だけ、なっちゃんの名前を書いた紙を賽銭箱に入れてしまったことがあると言う。

「『一度だけ。一度だけで、その次の日からしてないし、今考えると、なんであんなことしちゃったんだろうって後悔してる』って、泣きながら謝るの」

なっちゃんの名前を書いた理由は、彼女がマヤと遊ぶ約束をしていた日に別の女子とも遊ぶ約束を入れてしまい、「三人でもいい？」と言ってきたことに腹を立てたからだと言う。せっかく遊ぶための着せ替え人形を二人分用意していたのに、三人分はないから違う遊びをしなければならなくなった。なっちゃんにとって、自分は一番の親友ではないのかと、悲しくも思った。「じゃあ、遊ばない」と意地を張り、その日、怒りにまかせて、賽銭箱になっちゃんの名前を書いた紙と十円を投げ入れたのだと言う。

マヤのその話を聞いて、ミサキの顔色が変わった。「それってさ」と強張《こわば》った声が指摘する。

「『その三人でもいい？』って聞かれた時の、もう一人の友達って私でしょ？』って聞いたの。実は二人とも、いつも三人で仲良くしてたものの、一番好きだったのはなっちゃんで、彼女と二人で遊べるなら、もう一人のことは邪魔者ぐらいに思ってた。——女って怖いよね」

自分たち仲良し三人組の関係の真実。それまで薄々感じていたものの、声に出して浮き彫りにしてしまったところで、ミサキもマヤもお互いに引けなくなった。それまで泣いて謝っていたマヤが、「じゃあ、ミサキちゃんはどうなの？」と顔を上げた。

本当になっちゃんの名前を書いて賽銭《さいせん》箱に入れたことは一度もないのか。私となっちゃんが二人だけで遊んでいた時、自分のように疎外された気分になったことはないのか。

ミサキは言葉に詰まった。というのも、実は彼女も賽銭箱に紙を入れた経験がある。

十日間続けることはなかったが、怒りにまかせて衝動的に友達の名前を書いて入れてしまったことがあった。

なっちゃんの名前を一度。それから、ライバルであるマヤの名前を一度。それぞれ書いて、十円玉と一緒に入れた。

二人は徐々に怖くなり始めた。

なっちゃんが消えてしまったことも怖かったし、目の前の相手が、きっと自分の名前を賽銭箱に入れたことがあるのだろうということに、はっきりと思い当たってしまったからだった。

「あなたがやったんでしょう」と、互いに言い合いながら、ならば、賽銭箱を開けてみたらどうだろうか、という話になった。

なっちゃんが消えたのが賽銭箱の十円参りのせいならば、そこには彼女の名前を書いた紙が十日分入っているはずで、紙を見ればその筆跡を確認することができる。その字が誰のものなのか、ミサキのものなのか、マヤのものなのかも確かめられる。賽銭箱には錠前がついていたが、さびついた錠前はぐらぐらとして不安定で、トンカチか何かを使えば、自分たちでも壊すことができそうに思えた。

「話してるうちにもうそれしかないって思えてきて、家からお父さんの工具を持ち出して、二人で裏山の神社に行ったの」

いざ賽銭箱を前にして怖《お》じ気《け》づいたのか、マヤがおずおず言う。

「『自分たちが一度ずつ書いたなっちゃんの名前が、一人一枚ずつ、合計十枚になって、それでなっちゃんが消えちゃったんじゃないか』って言うの。だけど、十円参りは、一人の人が十日間続けてやるっていうのがポイントだから、それはないわけ。同じ筆跡で書かれた紙が十枚、絶対に入ってるはずだった」

犯人を見つけてやるんだ、とミサキは興奮状態だった。トンカチを持つ手に強く力を込めて、賽銭箱の裏についた錠前をカンカン叩《たた》く。やがて、錆《さ》びた金属の棒の部分がひしゃげて曲がり、鍵《かぎ》が錠前ごとボロリと外れた。

顔を見合わせ、ミサキもマヤも唾《つば》を呑《の》んだ。「いくよ」とミサキが合図して、賽銭箱の中味を引き出すと、頑丈な木でできた箱の中から、何枚もの折り畳まれた小さな紙が出てきた。埃《ほこり》や木っカスのようなゴミ、小銭に交じって、入れてから開いてしまったらしい紙片に、知り合いの名前が書いてあるものも見えた。下級生や、上級生。この辺の小学校の子たちの名前。

しかし、二人の目が釘付《くぎづ》けになったのは、折り畳まれたまま、血のように真っ赤な色をしている紙の存在だった。

目を見開いたまま、咄嗟《とっさ》に数を数える。
一、
二、
三、
四、
五、
……、
……、
……、
九、
全部で、十枚あった。

願いが成就された場合、賽銭箱の中の紙は血のように真っ赤な色に染まる。

ミサキとマヤは、震える手で、恐る恐る、赤い紙を一枚ずつ手に取った。中を開く。

名前が書いてあった。

高城ミサキ
濱野マヤ

驚いて顔を上げると、相手も真っ青な顔をしてこっちを見ている。それは二人のフルネームだった。あわてて、真っ赤な紙を十枚すべて開いてみる。

高城《たかぎ》ミサキ、濱野《はまの》マヤ。高城ミサキ、濱野マヤ。高城ミサキ、濱野マヤ。高城ミサキ、濱野マヤ。高城ミサキ、濱野マヤ。高城ミサキ、濱野マヤ。高城ミサキ、濱野マヤ……。

すべて、連名で二人の名前が書かれていた。

なっちゃんの字だった。

「その時に、二人は気づいたのね。その日、なっちゃんがいないって騒ぎ出す前、自分たちがどこで何をしていたのか、全然覚えてないってことに。記憶があやふやで、最後にいつなっちゃんに会ったのか、それどころか、自分たち以外の人と最後に会ったのがいつだったのかもわからないの。集会所はその日、他に誰もいなかったし、神社に向かう途中も、誰ともすれ違わなかった。二人で固まったまま、自分たちの名前が書かれた紙に囲まれて、いつまでも途方にくれていた。

──そんなことが、あったらしいよ」

他人事《ひとごと》のように言うナツミさんの顔を、私は黙って見つめていた。彼女は私の知り合いの中で最も穏やかで優しい印象をした人で、普段は誰の話にもにこにこと相槌《あいづち》を打っている聞き上手な女性でもあった。自分からこんなに話してくれることは珍しい。

「これ、ものすごく架空の質問ってことで構わないんだけど」

ややあってから、私が尋ねた。

「どうして、その二人を消しちゃったの？」

「お互いを目の敵にしてくれてるうちはいいけど、愛情って突きつめると究極の独占に傾くのよね。身の危険を感じてって言ったら笑う？　それに、あの子たち以外の他の友達とも本当はずっと遊びたかったし。だけど、子どもの頃の悩みなんて、今に比べたら小さなものだよね。たかが友達のことで、なんであんなに思いつめちゃったのかなあ」

ナツミさんが幼い頃団地に住んでいたことは本当だし、その中に高城と濱野という家も確かにあったが、両家とも、ともに子どもは最初からいなかったと言う。

今は、付き合っている彼氏の束縛が激しいことが一番の悩みだと、ナツミさんは笑った。

手紙の主

ある作家さんとの対談を終えた後のこと、雑談の中で、その手紙の話題が出た。

「これまで読者からもらった手紙で怖いものってありました？」

対談のテーマが「身近にある怪異」というものだったせいか、記事を収録する雑誌の編集者から何気なくそんな質問が出たことがきっかけだった。

作家になって、今年で九年。

そこそこいろんなものを書いてきたが、怪談やホラーを本格的に書いているとはおこがましくてまだまだ言えない私と違い、その日、私が対談をした先輩作家は、デビュー時からホラーをずっと書き、愛し続けてきた人だ。最近では、ホラー系のイベントや自作の小説の朗読会の司会も自ら務めるくらいで、怪談や恐怖体験を披露する語り口と話術はとても素人とは思えない。テレビなどでも、よく姿を見かける。

私もそんな彼のファンだった。直前に収録した対談も、対談とは名ばかりで、私はもっぱら、彼の話の聞き手、ファン代表と言ったところだった。

「怖い手紙かぁ、何かあったかな」

彼が、記憶を探るように飲んでいた飲み物をじっと見つめる。

この人の元になら、きっといろいろ届くに違いない。期待を込めて一同で彼の方を見ながら、私もまた、自分にはそんな経験が何かあったろうか、となけなしの記憶を辿《たど》る。月に一、二度、出版社を通じて私の元に届く読者からの手紙は、あたたかい目線のものが圧倒的で、〝怖い〟ものはほとんどない。

やがて、彼が「そういえば、何年か前だけど」と話し出した。

「〇〇県に住んでる男性からの手紙で、ちょっと怖いというか、一体、何が書きたかったのかな、と解釈に困ったものがあったけど」

「どんなものですか？」

「うん。便せんじゃなくて、コピー用紙に書いてあるんだよね。A４の真っ白い紙に、自分で定規で書いたらしい罫線《けいせん》を引いて」

「自分で手作りの便せんみたいにしてるってことですか？」

私が尋ねると、彼が「便せんというには、あまりにも線が曲がってたり、端から端まで引かれてるから、味気ないけど」と笑った。

「そこに鉛筆で文章を書いてるんだけど、とにかく、筆跡が薄くて読みにくいんだよ。

僕の小説は一度も読んだことがないんだけど、名前が好きで興味があります、ということからまず始まる」

「何ですか、それ。ファンレターじゃないじゃないですか」

編集者が笑った。彼も苦笑する。

「そうそう。だからそもそもファンレターじゃないんだよ」

「それで、本も読んだことがないなら、感想以外に何が書いてあるんですか」

「すごく好きな歌手の人がいて、その人のラジオ番組を毎日聴いてますっていうことが書いてある」

「えー」

また、笑いが起こる。

「なんでまたそれを関係ない作家相手に書くんだろう。変わってるなぁ」

「その歌手って誰なんですか」

「さあ。有名な人かもしれないんだけど、僕は知らない人だった。手紙の主は、ずっとそのラジオ番組にハガキを投稿してるんだって。一度も読まれないのに投稿を続けて、それでもこんなに楽しいなんて、おかしいですよね、とかなんとか。手紙が終わりの方になるにつれてどんどん字が乱れて、読みにくくなったから、最後の方はもう読むのを諦《あきら》めたけど、ともかく、そんな内容」

「あの――、すいません」

声を上げ、話を遮る。私の記憶の一部が、疼《うず》いた。

彼の話の途中から、ひょっとしたら、と思っていた。

「たぶん、私もその手紙、もらったことがあります」

その場にいた全員が「え」と声を上げた。私に注目が集まる。

「本当に？」

「はい」

今日まで忘れていた。でも、白紙に手書きの罫線、と聞き、ラジオ番組のことが出てきたことで、はっと気づいた。

「とても読みにくい手紙だったから、私も最後の方はきちんと読めなくて、それまで忘れてたんですけど。もう、五年近く前だと思います。ファンレターが来た、と思って、嬉《うれ》しくて開封したら、私の小説は一冊も読んだことがないけど、名前が気になりましたって書いてあって、がっかりした覚えがあります。たぶん、同じ人だと思うんですけど」

「○○県の男性？」

「それが」

そこだけ、記憶が違う。

私の元に来た手紙の差出人は男性ではなく、確か女性だった。

「女の人で、だけど、好きな男性歌手のラジオ番組に投稿をしてるっていうのは一緒です」

「あれ、僕の方の手紙だと、その歌手は女性のはずだけど」

顔を見合わせる。

読み取れないほどの薄い鉛筆の筆跡を思い出しながら、私が続けた。

「確か、親友の女の子と二人でいつも聴いてて、その子が郵便局に勤めてるから、ハガキを売ってもらってるって書いてませんでした？」

「あった！」

彼が声を上げた。

「そういえば、なんでそんなことをわざわざ書くんだろうって気になった。だけど、それ、親友じゃなくて恋人って書いてあった気がするけど」

首を傾げてしまう。

直筆の手紙は、ワープロ打ちのものと違って、わざわざ時間をかけて書かれている。

白紙に罫線まで丁寧に引いているのも同じだ。私は手紙をもらった頃には今のような一人暮らしではなく実家暮らしだったが、探せばまだあるだろうか。

二つの手紙の内容は、概《おおむ》ね一緒だ。ただ、性別だけが違う。とはいえ、手紙が来たのはともに数年前だから、私たちの記憶違いということもあるかもしれない。

歌手の名前は、私もその先輩作家もともに思い出せず、当時も知らない名前だった。

そして、この歌手の性別もまた、私たちの記憶は違う。

それにしても不思議だ。

先輩作家の元に、その手の不思議な手紙が来ることは作風からしてわからないではないけれど、五年前の私はまだ駆け出しの新人といったところで、ホラーも一作も書いていなかった。目をつけられた理由がわからない。私と彼とは、今でこそ、対談などでも増えてお付き合いがあるけれど、当時は接点がほとんどなかった。

「おもしろいけど、確かにちょっと怖いですね」

居合わせた編集者たちがしみじみと頷《うなず》く。

「この分じゃひょっとして、お二人が共通して知ってる他の作家さんのところにも来ているかもしれないですね。その手紙」

「あぁー、かもしれないですね」と、私も頷いた。

「じゃ、聞いて歩いてみようか」

「ですね」と彼と笑い合ったが、お互いそこまで本気で気にしているわけではなかった。

ただ、奇妙なことがあった、という程度の話だ。何年も忘れていたし、自分あてにもらった手紙である、という思いもあって、特に、その先輩作家とも、もらった手紙を見せ合いましょう、というふうにもならなかった。

それからしばらくして、同業者が集まる納涼会があった。

私と同時期にデビューした作家を中心に、不定期で開催される集まりだ。その夏は、メンバーの一人が新しく家を建てたので、新居のお披露目を兼ねてのホームパーティー兼暑気払いということだった。

集まったメンバーのうち、作家は七人。ホラーや怪談を書く人は私を入れて二人だけで、他は、一般書や純文学と呼ばれるジャンルの作家たちだ。

あの手紙の話をしたのは、これもまたなんとなくだった。作家の多い飲みの席なので、ひょっとしたら、誰か他にもあの手紙を受け取った人がいたりして、という意識も多少はあったが、特に期待せずに話した。

「へえ、不思議な話だねぇ」

同期の男性作家が興味を引かれたように頷く。

彼は、私と対談した例の先輩作家とも付き合いが長く、この中では唯一ホラー小説も書く人だったので、手紙をもらうとしたら彼かな、と漠然と思っていた。だが、どうやら空振りに終わったらしい。特に期待していなかったとはいえ、少し残念な気もした。

「もらったことない？」

「さあ、覚えがないけど」

「ひょっとして、その頃にチェーンレターみたいなものが流行《はや》ったんじゃない？　好きな作家にこんな文面のものを出せば願いが叶《かな》う、みたいな」

別の女性作家に言われて、初めてそういう可能性もあることに気がついた。私が小学生の頃にも、不幸の手紙やチェーンレターは確かに流行った時期がある。「この手紙を受け取ったら、同じものをあと何人に出さなければ呪われる」という、都市伝説のような手紙。

「だとしたら、古風だね。このメール全盛の時代に」

別の一人が言って笑う。私も頷いた。

「好きな作家に送る、っていうのがそのチェーンレターの条件だったとしたらちょっと救われるな。一冊も読んだことがないって書かれてたの、ちょっとショックだったから」

「一冊も読んだことがない作家に送るっていう条件だったのかもよ」

「やめてよー。だったらやっぱりがっかりだよ」

会話は盛り上がり、「この中で、もし誰かが同じものをもらったら教える」ことを約束し、その日は解散になった。

それからしばらく、手紙のことを忘れた。

彼女から電話があったのは、二ヵ月後だった。

彼女は、納涼会に来ていた男性作家の妻で、やはり作家だった。私と同じレーベルからも本がたくさん出ている友人で、納涼会にはたまたま仕事の都合で来られなかったが、普段はあのメンバーの集まりでもよく顔を合わせる。

「どうしたの、突然」

普段はメールのやりとりで、それも頻繁なわけではないので、突然の電話は珍しかった。彼女が『ごめん』と謝る。

『実は、夫から聞いて。あの手紙のこと』

「え？」

ひょっとして、と問い返す前に、電話の向こうで彼女が続けた。

『ラジオ番組に投稿してるっていう人からの手紙。私ももらった』

「本当に？　いつ？」

『二週間くらい前。出版社経由でもらって、すごく読みにくかったし、内容もよくわからないことが書いてあるから、気味が悪くなって、もう処分しちゃったんだけど』

では、現物はもうないのか。彼女は礼儀正しく几帳面《きちょうめん》な性格で、自分の読者も大事にする人だったので、それがどんなものであれ人からもらった手紙を処分してしまっているというのは意外だった。

思う私に、彼女が続ける。

『処分した後で、そういえばこんな手紙が来たって夫に言ったら、彼がその話聞いたことがあるって言うから。――電話してみなよって言われて、それで今かけてる』

Ａ４サイズのコピー用紙に、定規で引いたような手書きの罫線《けいせん》。薄い文字、内容については概ね同じもので間違いなさそうだった。手紙をすでに処分してしまったことを知り、彼女の夫も、「見たかったのに」と残念がっていたそうだ。

「差出人は、○○県の男の人？」

『ううん、女の人』

　なら、私と同じだ。続けてラジオ番組を持っているという歌手の方の性別を尋ねようとすると、『でね』と先回りして、彼女が言った。

『好きな歌手のラジオ番組を聴いてるって書いてあったから、その歌手の名前と番組名をネットで検索してみたんだよね。私の知らないアイドルかなんかの、男の子っぽい名前が書いてあったんだけど』

「うん」

『いないみたいよ、そんな人』

　微《かす》かに、背中が寒くなった。電話を持つ手を替えて、問いかける。

「ネットでは出てこなかったってこと？」

『そう』

　彼女が言った。

『それで、本格的に気味悪くなっちゃったんだ。存在しない架空の歌手とラジオ番組のことを書いてくるなんて、普通じゃないなって思って』

「その歌手の名前、覚えてる？」

『ごめん。覚えてない。検索履歴を今見てみたけど、それももう残ってなかった』

「そっか」

『うん。ねえ、こんなこと言うのも変だけど、これ以上調べるのやめたら？』

「え？」

私には〝調べている〟という程の積極性はないつもりだった。けれど、電話の向こうの彼女の声が思いのほか真剣で面食らう。

『あの手紙、なんか、ちょっとよくない感じがしたんだよね。何ってうまく言えないんだけど、かかわったらよくない気がした。書いてあることは何も不思議なことじゃないし、たわいないことなんだけど、それでもなんか、嫌なものを一緒にもらっちゃった気がして、それで処分したんだ。――神社で』

神社。

彼女が告げた言葉が気になった。「神社？」と聞き返すと、『たまたま、雑誌の取材で行くことがあったから持ってった』と続ける。

『もらった手紙によくないものを感じるので、処分をお願いしていいですかって、その宮司さんに聞いたの。そしたら、宮司さんが、いいでしょうって引き受けてくれた。特に何も聞かれないのがかえって気になったんだけど、だとしたら、単なる私の直感じゃなくて、本当に何かよくないものが憑《つ》いてたのかなって気が、後からだんだんしてきて』

彼女の口から出た〝憑いてた〟という言葉に「まさか」と笑う。ちょっと神経質なのではないかと思ったが、自分がもらった手紙の薄い筆跡を思うと、単純に笑い飛ばすこともできなかった。

あの文字は、確かに不自然だった。力を抜いて指先を震わせるようにしなければ書けない、そんな文字ではなかったか。

とはいえ、実家のどこかにあるであろうその手紙をわざわざ探してみる気力もまた、起きなかった。探せば、本格的に自分が〝気にしている〟ことになってしまう気がする。

「調べてるわけじゃないよ。ただ、同じものをもらった人が他にもいるならって、気になったから話しただけで、それでどうこうしようっていう気もないし」

『本当に？　ならいいけど』

彼女の方で、まだ何か言い淀《よど》む気配があった。

黙ったまましばらく待つと、やがて彼女が『これも言おうかどうか迷ったんだけど』と続ける。

『その神社、連載してる女性誌のパワースポット特集で記事を書くために行ったんだけど』

「うん」

『帰る時、宮司さんに言われたんだよね。あなたは作家だから、いつか、私が今お預かりしたこの手紙のことについても書きますか？　って』

彼女は驚き、何故かと聞いた。それに対し、宮司は笑わぬ顔で、「書かない方がいいからです」と答えたそうだ。

『あるいは、こういう手紙をもらったということくらいなら、書いてもいいかもしれないけれど、中の文章をそのまま転記するようなことは絶対やめるように、――転記するとしても、内容は一部だけでも変えた方がいいって、そんなふうに言われた。気になって、そんなによくないものなんですかって聞いたんだけど、宮司さんは「よくないものかどうかはわかりませんが、あなたがそう感じたなら、その印象の通りでしょう」って言うだけで、それ以上は何も』

だから心配だったのだ、と彼女が明かした。

『もし、あなたが書くんだったらって思ったら、気になったの。ごめんね。それだけなんだ』

次にその手紙の話を聞いたのは、彼女から電話があった翌月だった。

知り合いが受賞した文学賞のパーティーに出席した際、ひさしぶりに顔を合わせた小説誌の編集長から、「いたいた、お会いしたかったんです」と呼び止められた。人が入りみだれる会場内で、「あー、おひさしぶりです」と挨拶《あいさつ》をすると、彼が笑って「いやー、人づてに聞いて、お話ししたく思ってたんです」といきなり言われた。

「手紙の話、聞きましたよ」

と言われた時は、すぐには何のことだかわからなかった。「ラジオ番組に投稿してるっていう女の人からのファンレター」と言われて、ようやく「ああ」と頷《うなず》く。

彼は、私がその手紙をもらったことを、納涼会で一緒だった同期の作家の一人から聞いたのだという。「実はですね」と彼が話し出した。

「僕も見たことがあるんです。その手紙。といっても、僕は作家じゃありませんから、僕に来たわけじゃないんですが」

「誰か担当されてる方のところに来たんですか？」

「ええ。○○さんのところに」

彼が名前を挙げたのは、私も面識があるベテラン作家だった。時代小説の書き手で、ベテランだけあって送られてくるファンレターの数が尋常でないため、すべてを転送することはせず、一度、出版社あてに届いた手紙を編集者が開封して読んだ上で、作家の元に送るかどうかを決めているという。作家本人が、「中にはおかしな手紙も来るだろうから、そういうものは極力見たくない」という主義なのだそうだ。

「で、一ヵ月くらい前だったか、届いた手紙の中に、確かに仰《おっしゃ》るような特徴のものがあったんですよ。白い紙に自分で線を引いて、すごく薄い文字で書いてある。著者の本は一冊も読んだことがないって書いてあるし、イタズラみたいなもんだろうと思って転送はしませんでしたが」

「まだ取ってありますか？」

「いや、すいません。取ってあったらよかったんですけど、先生からは処分してもらって構わないと言われてたもんですから」

「そうですか」

そう気にしていたわけではないけれど、もう見られないとなるとそれはそれで残念な気がした。

「差出人は○○県の女性だったんですか？　もらった人によって性別が違うんです」

「女性です。投稿してるっていうラジオ番組のＤＪは男性」

私がもらったものと一緒だ。どうやら、最初に話を聞いた先輩作家のもの以外、性別は本人＝女性、歌手＝男性、ということで、揺らぎがなくなってきた。

「あれ、なんなんですかね」と笑う彼の横で、グラスを片手に通りかかった知り合いの男性作家が「なんの話ッスか？」と加わってくる。

私は、これまでのことをかいつまんで彼に話した。

ただ、お祝いの席で話すことでもないと思ったため、友人の女性作家が宮司から言われたという忠告については黙っていた。

後から来た作家が話を聞き終え、「なんかちょっと怖いッスね、目的が見えない」と首を傾げた。

「でも、ここから、作家たちの間で都市伝説にでも発展してったらおもしろそうじゃないスか。いや、自分がもらわないから、気楽にそう言えるだけかもしれないけど、オレのところにも来たらおもしろいのに。それ、内容はラジオ番組にハガキを投稿してるっていう、ただそれだけなんスか？」

「いや。ラジオを収録してるスタジオに今度行ってみるって書いてあったよ。それがまた怖いなってちょっと思ったんだけど。思いつめてる気がして」

「——え？」

編集長の言葉に、私が言葉を止める。

「どうしました？」

「いや、内容がちょっと違うから。私のところにはそこまで書いてなかった」

ひょっとしたら、文面の後ろの方――、文字が本格的に乱れて読み取れなくなっていた部分にそう書いてあったのだろうか。だとしたら、彼のところに来た最新の（というのもおかしな言い方だけど）手紙では、そのあたりの不鮮明だった記述がしっかり文字を成してきた、ということなのか。

初めて、ぞっとした。

読み取れなかった部分が、より、鮮明になってきたとしたら。

友人の女性作家が、宮司から受けた忠告を思い出した。内容を転記したりするようなことは、避けた方がいい――。

転記などそもそもできない、とその時は思っていた。だって、後半はほとんど読み取れないのだから。

そして、性別のことも引っ掛かる。

最初に話した、私の対談相手である先輩作家の記憶違いということはあるかもしれないけど、性別が安定してきている。これまであやふやだったものが、私が語り始めたことで、まるで手紙の主の像がより確かに固まってきたようだ。

実体がなかったものに、実体が作られ始めたような——、よくないもの、を、感じ始めていた。

「それにしても、誰もその手紙を取っていないんスね」

話を聞いていた作家の男の子が、しみじみと言った。私が無言で彼を見ると、彼は私と編集長、手紙を実際にもらった二人の顔を順に眺めるようにして「だって、そうッスよね」と呟《つぶや》くように言った。

「みんな、どこかにあると思うと言いながら探さないし、捨ててたりする。見たっていう話はするけど、誰も実物を持ってない。話だけは聞くけど、存在の証明ができないってとこも何か都市伝説っぽいっつーか」

「そうと知ってれば手元に残しといたんだけどなあ」

編集長が頭を掻《か》く。

「じゃ、もしオレの手元に来たら取っときますね」と、作家の彼がにやにや笑ったが、私はそれに頷きながらも、ざわざわと、焦りに似た、嫌な予感に突き動かされていた。

うまく、笑えなくなっていた。

実家にあるはずのあの手紙を、探そうかどうか、迷って結局、私は一度だけ、帰った時に探した。手紙をまとめてとってある箱をひっくり返す。

見つからなかった。

探さなくても結果はわかっていた気がした。きっと、どこからも出て来ない。そう思ったら、確かめるのが怖くて、さらに探すようなことはもうしなかった。

それからまたしばらく、例によって手紙のことは忘れていた。

しかし、つい先日、今度はあの時パーティーで同席していた、あの男性作家から連絡があった。

『もらいました、手紙』という彼の声は、この間その話をしていた時より少し深刻味が増している気がして、仕事中に電話を受けた私は、パソコン画面を閉じて、背筋を伸ばした。

『内容、同じです。○○県の女の人から。好きな歌手のラジオ番組の収録を見にいくつもりだって書いてあります。気にしてたみたいだから、一応、報告しとこうと思って連絡したんスけど』

「ありがとう」

と答えながらも、どうしていいのかわからなかった。私が周りに話し始めてしまったから、必然的に私の元にこの手紙にまつわる話が集まってきてしまう。それはもう仕方がないのだが、自分でもどう処理していいのかわからなかった。興味はあるけど、もう、かかわりたくないという気もする。

「手紙の文面は、ラジオ番組の収録を見にいくってとこまでで止まってるの？　それ以上は？」

『あとは、文字がものすごく乱れてて、薄くてよく読めなかったんですけど。――ちょっと相談、いいスか』

「いいよ」

相談？　と引っ掛かったのも束の間、彼の口から驚くべきことが告げられる。

『この手紙、一体、何なんスか？　オレ、これ、直接もらったんスけど』

「え？」

どういうことだ？　混乱する私に、彼が説明する。

『オレ、これ、郵送でもらったわけじゃないんスよ。直接もらったらしくて、困惑してます』

「は？」

『直接、もらったんです』

「差出人に会って、手渡してもらったってこと？」

『らしいんです』

「らしいって――」

『サイン会があって、それでもらいました。今月、新刊出たんで』

彼の話は、奇妙なものだった。

一週間前、新刊のサイン会を都内の某書店で行った時のこと。平日夜だったにもかかわらず、彼のサイン会は盛況で、用意した整理券百枚分の本が完売。当日に追加も出て、百五十人近い人数に彼はサインをしたと言う。

間に休憩を挟みつつ、二時間近く、並んでくれた人たちにサインをしていく。彼のサイン会は、私も一度遊びに行ったことがあるが、とても和やかだ。本人が気さくな性格で、喋《しゃべ》りも達者なので、読者から新刊の感想を聞き、雑談を楽しみながら、あっという間に時間が過ぎていく。

読者の中には、贈り物や手紙を持参する人も多い。

それを一つ一つ、「ありがとうございます」と頭を下げ、紙袋や封筒のまま受け取る。

――そうやって受け取った手紙の一つに、あの手紙があったのだそうだ。

話を聞いて、くるぶしをすっと冷たいものになでられたように思った。

手紙を手渡し、去ったという女性のシルエットが、見たように思い浮かぶ。想像の彼女は後ろ姿だ。顔が想像できない。だが、その影だけ、はっきりともう実体を持っている。

彼は、受け取った手紙をすぐに開くことはせず、サイン会が終わった後、家に着いてから、開封し、その存在に気づいた。

『でも、変なんスよ』

彼が訝《いぶか》しむ気配がある。

『サインする間、一人一人と話すじゃないスか。その中に、おかしな感じがする人はいなくて、手紙を渡された相手の心あたりがないっつーか。誰もこんな、思いつめた感じのこと書きそうな人いなくて、ふつーにオレの本の話した記憶しかなくて』

いつ、誰に渡されたのか。まったく思い当たらないのだという。でも、確かに手紙は紛れ込んでいた。

『気味悪いんスけど』

「その手紙、取ってある?」

『ありますよ。見せましょうか』

迷った。見てみたい気もする。もう一度、私も実家をきちんと探してみようか。より鮮明になってきているという手紙の後半を、見比べてみようか。

――近づいてきている、と感じた。

手紙の主の存在が、身近にまで、近づいてきている。

手紙をもらう作家たちの間に、今のところ共通点はない。それが不気味で、と同時に、妙な罪悪感のようなものがこみ上げてくる。彼のところに手紙の主が現れたのは、どうしてだろう。

私が、ひょっとして話題にしたからではないだろうか。

最初にこのことを話題にした私と先輩作家の元に手紙が来たのは、ともに数年も前のことだ。それが、二人でそのことを確認しあってしまってから、周りの作家に手紙が来る間隔が短くなっている。その上、手紙が届く手段も、内容も、変わり始めている。

手紙は、最後まで読めるようになってはいけないのではないか。

電話の向こうで、彼が紙をめくる音が聞こえた。答えない私に向け『差出人の名前はですね――』と言いかけるのを、すんでのところで、私が止めた。

「ちょっと待って」

電話の向こうで彼が黙った。申し訳ないけど、怖かった。

「ごめん、言わないで。今聞きたくない」

重たい沈黙が二秒か、三秒。やがて彼が『女性です』とだけ言った。

『女性の名前が書いてあります。どうしますか、これ。つか、オレ、この手紙どうしたらいいと思います?』

私は返事ができなかった。

これまでは郵送で来ていた手紙が、直接、手渡されるようになってくる。

サイン会以上の近さで、もし〝次〟があるなら、それはどんな場合だろう。

来週、私は、サイン会で手紙をもらったという彼とともに、神社に行く。友人の女性作家に教えてもらった、あの宮司に会うためだ。そこで彼と一緒に手紙を読み、それで最後にしようと思う。

もう止まらないかもしれないけれど――、止められるなら、止まってほしい。

そして、確かに話題にしてしまったのは私だけど、なるべくなら、同業者の人たちにも、お願いしたい。

私のもとに、もうこれ以上、この手紙に関する話を集めてこないでほしい。どこかでこの話を聞いたとしても、私のところにはもう連絡しないでほしいと、卑怯《ひきょう》なのを承知の上で、今、この文章を書いている。

手紙の主の正体は、今以《いまも》って謎のままである。

丘の上

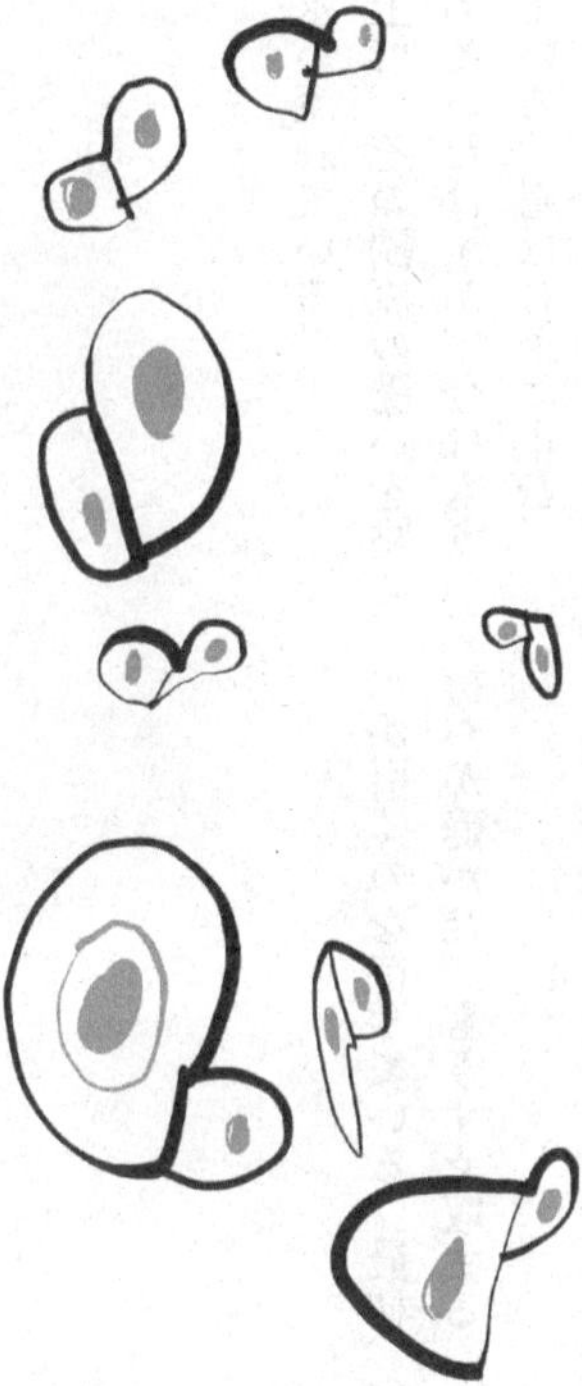

丘の下には、水が流れている。

私たちは丘の上で、その濁流の勢いを眺め、水が引くのを待っている。最初、祈るように待って眺めていたはずが、今はもう、気持ちが静かだ。もうすぐ収まる、と心のどこかで知っている。嵐はじきに止《や》む。

丘の下は林檎《りんご》畑だったはずだが、今見下ろすと、それはまるで水田のようで、そういえば、ここは昔水田地帯だったのかもしれない、と、一緒に逃げてきた夫と顔を見合わせる。

「まだ降りるのは危ないな」

と、彼が呟《つぶや》く。

私は、妊娠九ヵ月だった。

大きくなったこのおなかを抱えてどうここまでのぼってきたのか、まるで覚えがない。

逃げてきた丘の上に、私たちの他にも何人かの家族やカップルがいた。中に、犬が一匹。

皆、静かに下を見つめている。

田畑を覆った水の流れが弱まり、下は、だんだんと凪《な》いだ海原のようになっていく。空を厚く覆った雲が晴れ、雲間が開いて、そこからオレンジ色の光が差し込んでくる。水は勢いを急激に失い、引いていき、畑は、瞬く間に底が浅い湖のようになった。夕日が水面《みなも》を金色に照らし、薄く張った水が鏡面のようにキラキラと光を弾《はじ》く。

「犬を降ろそう」と、一人が言った。

そうだ、そうしなければならない、と私は思い出す。

地上に近づいたら自動で開くことになっている小さなパラシュートを、誰かが犬の背中に着ける。誰か一緒に降りようという話になって、一人が「ボクが」と手を挙げた。同じくパラシュートを装着し、犬と一緒に丘の上から飛んだ。

紙ヒコーキを飛ばすように、二つの影がひらひらと地上に張った水の上に降りていく。あっと声にする前に、くらげのようなパラシュートが、ふぁっと開く。一緒に飛んだ男のものが先に開いて、彼はきちんと着水したが、犬は、パラシュートがせっかく開いたのに着水に失敗し、毛の長い身体が水の中に沈んだ。

私は小さく悲鳴を上げて、丘を降りたいと夫に頼む。

犬は、溺《おぼ》れたという気配もないまま、ただ、眠るように動かなくなった。苦しんだという感じすらないまま飲み込まれ、オレンジ色の水の中で、長い毛が流れるようにたゆたうのが、残酷なほど静かだった。犬は、死んでしまった。

もう降りても大丈夫だ、と誰かが言い、私と夫は下に降りた。

もう動かない犬を、夫が抱え上げ、胸に抱いた。私は「これからどうしよう」と途方にくれる。

この犬の死体をどうしていいかわからない。

突如、思い出す。

この世界では、動物のものとはいえ、死体を軽々しく捨てたり、処理したりすることはできない。隠さなくては、隠さなくては。この犬を殺したことを、私たちはこれから一生、隠して、忘れたふりをして、生きていかなくてはならない。なんてことが起こってしまったのだと、もう失う前には戻れないのかと、心臓が、すり減るような音を立てて打ち続ける。

「俺、もうこいつのこと、ツイッターに書いちゃったよ」

夫が、残念そうに、胸に死体を抱いたまま、ぽつりと呟く。

なかったことにはできない。隠せない。

そう思って、夫の方をふっと見た途端――、目を見開いた。

夫が抱えていたのは、犬ではなく、人間の赤ん坊だった。

その瞬間、脳裏に弾けるように、
見ちゃダメだ！
という、声が響いた。
衝撃が、私を包み込んだ。

そして、私は目を覚ます。

薄暗い、里帰りで戻った、実家の座敷の上で。

目に飛び込んできた、古い木目調の天井も、オレンジ色にぽつりとついた電球の小さな灯《あか》りも、照明から垂れ下がった長い紐《ひも》も、陽の匂いがする、干したばかりの布団も。

今、自分がどこにいるか、理解するのに時間がかかる。

目覚めたその時、仰向《あおむ》けになった私の腹の中で、子どもの足が、むく──、むく──っと、右から左へ、ゆっくりと胎動していくところだった。

殺したもの

私は合宿があって、その場所に来ていた。

大学で所属するゼミの教授に誘われるまま、「夏に勉強するにはいい街だよ」と言われたその場所を、他の学生六人と一緒に初めて訪れたのだ。

日本にこんな場所があるのかと思うような、湿度の低い、からっとした海沿いの街は、壁も屋根も白い家が多く、一見してヨーロッパのリゾートのようだった。入り組んだ路地に家々がひしめき合い、階段やドアが急に現れる、迷路のような街だ。一度外に出たら再び一人で合宿所に戻ってこられる自信がなかった。

もともとここの出身だという教授は、この街のそんな地形にも、乾燥した気候にもよく慣れていた。背が高く、ふさふさとした白髪頭に、壜底《びんぞこ》のような厚いレンズの眼鏡。絵本で見るマッドサイエンティストのような彼の容貌《ようぼう》も、こんな場所で生まれ育ったならば無理もないという気がした。

昨夜、昼間の講義から解放された私たちは、仲間の部屋で遅くまで呑《の》んでいた。

アルコールがまるでダメだという一人の女子学生が間をもたせるようにつまみ用のチョコレートを食べ続けるのを、男子学生の一人が奇異なものを見るような目で見ていた。甘いものがまるでダメだという彼が、「うげー」と声を上げる。

「こんなものが世の中に存在することの意味がまずわからない。言ってみたら、チョコレートなんて大自然の脂身だよ？」

嫌なことを言う、と、横で聞いていた私は、チョコレートに伸ばしかけていた手を止め、額のニキビを気にして指で軽く押した。


合宿も終わり、私が宿を後にしようとした日。

荷物を片付け、迎えのバスを待つため、集合場所である食堂に行くと、そこには、まだ誰も来ていなかった。真っ白い、触ったらペンキが指につきそうなほど白い壁に、その時、何かがとまっているのが見えた。

脚の長い、虫に見えた。

夏の日、本を読んでいて、うっかりページを閉じた弾みでつぶしてしまったことがあるような、脚が細く、弱い虫。

蚊を退治するようなつもりで、私は軽く背伸びをして、持っていた雑誌でパン、とそれを叩《たた》いた。

ぐちゃ、というよりももっとぎこちない手応《てごた》えだった。

つぶす、というより、もっと重たい感触が返ってきて、叩いた瞬間、直感で「あ、ヤバイ」と思った。硬い。

虫じゃない。

その時、私の後ろから、手が伸びてきた。ティッシュのような白い布で、教授が私の肩越しに壁を拭《ぬぐ》う。一瞬の出来事だった。すっと教授が動かした手の動きに沿って、壁に、赤い筋が、しゃっと放物線を描く。

蚊をつぶした時、吸われた血が手につくことがあるが、それよりは、ずっと赤の量が多かった。

私が雑誌をあてた部分には、一際大きな、赤いシミが残った。

私が「脚が長い虫」として想像したのと同じ、中に組織や器官が通っているなんておよそ信じられないような「脚」らしきものが二本、壁に残された。ただそれも、蚊などよりよほど大きい。マジックで書いた太線のようなものが、冗談のように赤いシミの下に二本生えている。

呆気《あっけ》に取られる私の目の前で、教授が布に包んだその〝何か〟を持っていこうとしている。

ここで聞かなければ一生わからなくなる。私は聞いた。

「それ、何なんですか」

「ああ、こんなのは大自然の——○×△※……だからね」

大自然の何なのか、は、教授が確かに何か答えたのに、私の耳には聞こえなかった。

教授はそのまま、行ってしまう。

後には、立ち尽くす私と、壁の赤いシミ。車のワイパーが残した跡のような、放物線状の汚れが、残った。

私は、何を殺したのか。

虫ではなかった。

柔らかい虫だと思ってやってしまったけど、たとえば私は、それがカナブンとかカブトムシのような甲虫類だったら、やらなかった。

脚は——と思って、二本残された太マジックの筋のような、それを見る。

心臓が凍りついた。

白く小さい、ちょこんと二つ揃えられた脚が靴を履いている。ピーターパンに出てくる妖精《ようせい》のような、かわいい、靴を履いた脚だった。きちんと、膝《ひざ》がある。

はっとして、瞬《まばた》きをする。

次の瞬間に、見たはずの脚はそのまま太マジック状の線になり、壁の前に張りついているだけになった。

どれだけ見ても、人間の脚にはもう二度と見えない。だけど、触ってみる気はまったく起きない。

からっと乾いた空気が、私の背後から、徐々にじっとりとした湿気を取り戻していく。

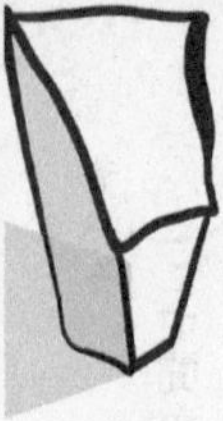

スイッチ

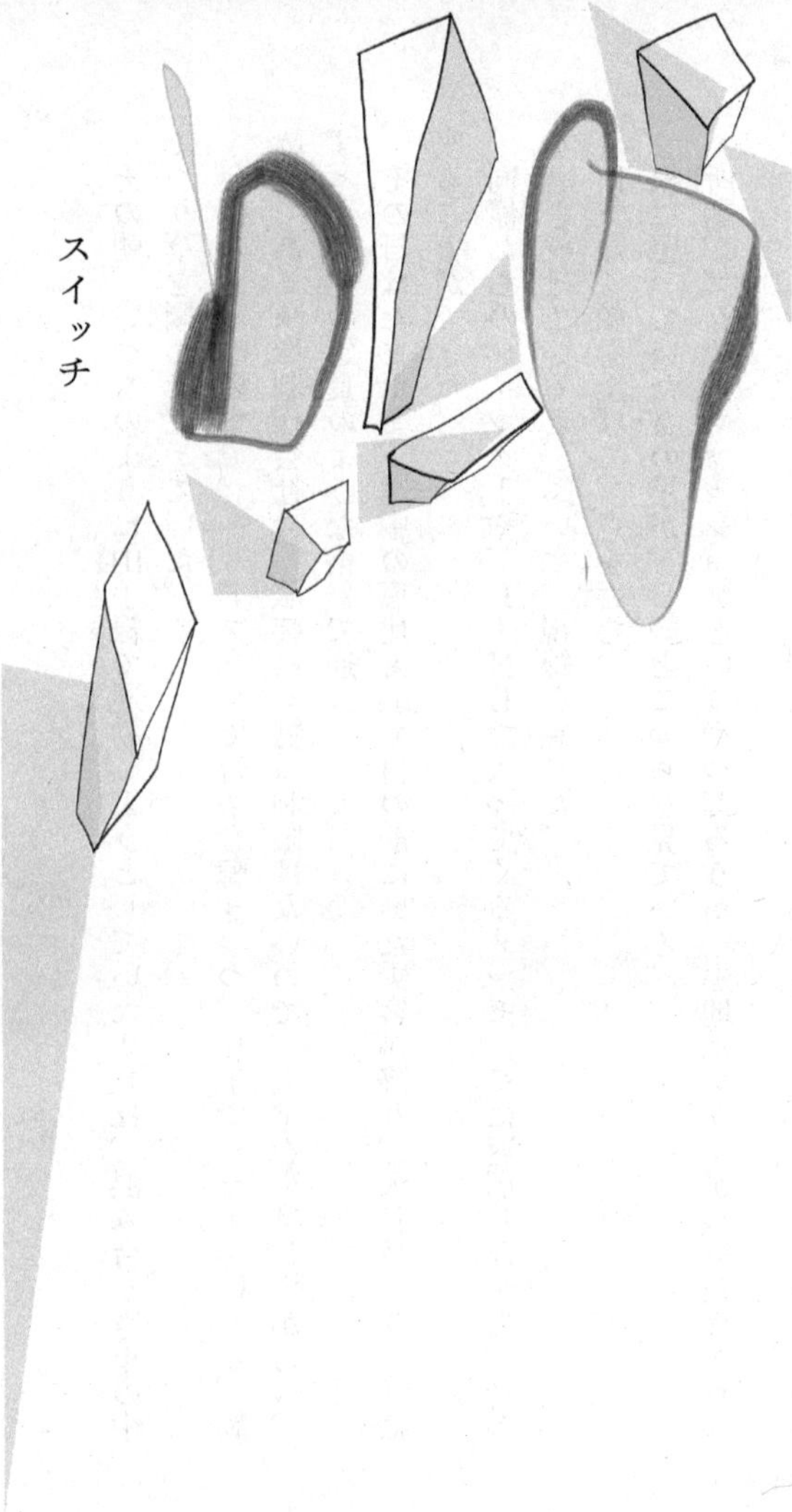

その朝、いつものように山手線《やまのて》で通勤しようとしていたオレは、混み合う電車の中でつり革を摑《つか》んで立っていた。

会社のある池袋《いけぶくろ》まで、ヘッドフォンで音楽を聴きつつ、片手でスマホをいじる。勤め先である映像制作会社は、服装にも特に制限はないので、大学を卒業してからも、ずっと学生の延長のような格好で通っている。

その日はたまたま、途中の恵比寿《えびす》駅で目の前にいた乗客が降り、入れ替わり、席に座ることができた。

同僚たちのツイッターや、LINEで入ってくるメッセージに返信しながら、音楽を聴き続けていると、ふいに、視線を感じた。

何気なく顔を上げて、息を吞《の》む。

横に座っていた女の子が、じっとこっちを見ている。

所謂《いわゆる》、ゴシックファッションというやつだろうか。黒地にフリルがついたブラウスに、縁にレースがあしらわれた大きな帽子（ボンネットという名なのだと、後から知った）、ふわんと膨らんだスカートを穿《は》いている。履くのが大変そうな、編み上げの長いブーツが目に入る。

彼女の口が、何か、動いた。目は相変わらずこっちを見ている。アイラインをくっきり引いたメイクのせいで、視線をより強烈に感じた。

「え、あ。すいません。うるさかったですか」

音のことで文句を言われたのだろうと思った。

あわてて、耳からヘッドフォンを外す。しかし、違った。彼女はぐいっと、オレと距離を詰めるように顔を近づけ、こう聞いてきた。

「メシュガー。聴いてます？」

「え」

聴いていた。

確かに聴いていた。外した手の中のヘッドフォンからはまだ微《かす》かに音が洩《も》れている。

彼女が言った。

「いいですよね、メシュガー。私も聴くんですよ」

「え。あ、いいですよね」

オレはぎくしゃくと頷《うなず》き、彼女から気まずく視線を外した。

都会は視線が泳ぐ場所だ。誰か他人に急に話しかけることはないし、話しかけられることもほとんどない。新手のナンパと思えるほど、オレは楽天的でもなかった。

メシュガーは、スウェーデン出身のメタルバンドで、この間行った音楽フェスで初めて観て以来、このところよく聴いている。確かに町で偶然耳にするような機会は珍しいから、同好の士を見かけて、思わず話しかけてしまったのだろうか。

しかし、それにしては彼女はにこりともしない。そこで会話が終わるかと思いきや、そのまま声が続いた。

「独特のポリリズムが最高で、私は大阪《おおさか》も聴きに行ったんですけど、8弦ギターの重低音リフが……」

「あ。え、そうですよね。アイバニーズ製の8弦ギター、いいですよね」

「かっこいいですよね。ライブで微動だにせず弾く姿がたまらなくかっこよくて……」

適当な合の手を挟みながら、オレはだんだんと怖くなり始めていた。彼女の言葉は途切れず、オレと会話をしながらも、相手を必要としていないような気がした。マニアやオタクと呼ばれる人たちが、相手に聞かせることよりも、自分が語ることにのみ没頭してしまうのと同じような話し方だ。

自分の世界に入っているのだろうか、と再び彼女に顔を向け、そして、オレは、ごくり、と唾《つば》を飲み込んだ。

彼女は、自分の世界に入るどころか、ずっとオレの顔を至近距離で見続けていた。ていうか、ガン見だ。

「ドラム、あれレコーディングの時は打ち込みなんですよね。実際はドラムで叩《たた》けるのに……」

「はい、あ、そうっすよね。すごいですよね……」と、無難に聞こえそうなコメントを選びながら、オレは、そういえば、こんな子、さっきまでいたかな？　と考え始めていた。

つり革に掴まって立っていて、目の前の席が空いたから座った。けれど、その時、すぐ斜め前の視界にいたはずのこの子の姿を見た覚えがない。

早く池袋に着かないかな、と思う。

一度目が合ってしまうと、離せなかった。何より、彼女が話す内容に自分が誤った相槌《あいづち》を返してしまうのではないかという緊張感がたまらない。彼女を不機嫌にさせた

途端、何かされるんじゃないか——大袈裟《おおげさ》に言えば、刺されるんじゃないかな、とか
そういう類《たぐい》の嫌な予感がしていた。
「メシュガーの音楽性はだから、メタルというよりもプログレッシブというかむしろ
アンビエントのテクノに近いというか……」
「ええ、ジャンルに括《くく》れないですよね……」
会話の終わりは、唐突に訪れた。
新大久保《しんおおくぼ》の駅まで来たところで、彼女がすっくと立ち上がったのだ。それもまた何
の前触れもなく突然の出来事だった。別れの挨拶《あいさつ》もなく、そのまま反対側のドアまで
歩いていく。
その後ろ姿を見ながら、オレは強く、助かったと思っていた。あれ以上長引いたら、
到底もたなかったし、自分の方から先に電車を降りるにしても気まずい。
しかし、その時。
「ねえ」と、反対側のドアが開く直前、彼女が振り向いた。車内アナウンスが駅名を
告げている。彼女の目は、再び、オレを見ていた。そして聞いた。
「私と一緒にここで降りるのと、私があなたの駅までついていくのと、どっちがいい
ですか」

え？　と問い返したつもりだったのに、声が出なかった。あまりに驚いたせいだ。一体何を言っているのだろう、と思うけど、彼女は相変わらず大きな目をこっちに向けたまま、ふざけている様子もない。そういえばほとんど瞬《まばた》きをしていないことに気がついた。その時ふっと、こっちをガン見する彼女が、もある。――というか、一度もしてないいんじゃないか。瞬き。あの妙な威圧感はそのせい

「えと、あの……。降りないです」

咄嗟《とっさ》に答えていた。

「ボクも、自分の降りる駅まで行きますし、――あなたとも、だからここで」

そう答えた、瞬間だった。発車のチャイムが鳴り、ドアが閉じる。ホームに降りた彼女の口がこちらを見たまま、「そうですか」と呟《つぶや》いた気がした。

ひどくがっかりしたように。

そして、目を細めた。無知な者の愚行を嘆くか、同情でもするような、そんな目でオレを見る。そのまま、電車は動き出す。彼女の姿が窓の向こうで遠くに流れて消えていく。

キツネにつままれたような、不思議な出来事だった。

おかしな人もいるものだ、と思いながら、池袋の駅で降りる。

駅から会社までは徒歩でも行けるが、時間が合えばバスが便利だ。都バスの停留所でまた元通りヘッドフォンを耳にあて、スマホをいじる。流しっぱなしだった音楽は、すでにもうメシュガーではなくなっていた。

バスに乗り込み、つり革を掴《つか》む。

スマホをいじっている手を止めて、ふと、今、どの辺りを走っているのかな、と顔を上げ、周囲を見回したオレは――、本日、二度目の息を呑《の》んだ。

都バスには、様々な人が乗っている。

運転席近くの優先席に座り、背を丸めた小さなおばあちゃんが、パスケースを胸の前でしっかりと摑んでいる。降りる時に出すのを忘れないように――、という感じに見えた。

けれど、オレはその手から、目が離せなくなる。

おばあちゃんの手が、血まみれだったからだ。それも、右手だけ。けれど、大事そうにパスケースを持つおばあちゃんの手は、車内ではよく見えた。

オレの他には誰もそれに注意を払っている様子がない。

何かの見間違いではないだろうか、と瞬きし、何度見ても、おばあちゃんの手はそのままだ。彼女自身が出血しているのか、それともどこかでついてしまった血なのか、それはわからない。おばあちゃんも痛がるようなそぶりは見せず、ただ、パスケースを忘れないように、ということにのみ、全神経を集中しているように見えた。

ひょっとして、あのおばあちゃんの手はオレにしか見えてないいんだろうか。

しかし、そうではなかった。

その次のバス停で、おばあちゃんは降りた。その時、運転席横の柱に、おばあちゃんが摑まり、右手の血が、そこについた。

それを、運転手が顔を動かして、はっきり見た。

柱から手を離したおばあちゃんは、そのまま前方へ向かう。

運転手に動揺はなかった。そのまま、何か布のようなものを出して、無感動な様子でその赤い色を拭《ぬぐ》う。口は機械的にその間もずっと、「ご乗車、ありがとうございました」と言い続けていた。

バスを降りてから、ふと、「おや」と思った。

今、オレは、後ろの扉から降りた。都バスは料金が前払いで、降りる時にパスケースを出す必要はないし、さっきのおばあちゃんのように運転手の横を通る必要もないのだ。

あれ？　と思って、もう一度バスの方を見る。けれど、バスはもうプシューッと音を立てて扉を閉め、行ってしまうところで、中にいる人たちの顔はもう見えなかった。

バス停から会社に向かう途中の短い道で、今度は車とすれ違った。

ボロボロの、下半分が抉《えぐ》れたような、真っ黒い車と。

ナンバープレートがなく、下半分の塗装がはげ、中の構造がむき出しになったその車は、すれ違う一瞬だけだったけれど、焼け爛れている、という印象だった。息を呑み、咄嗟に目で追う。上はそのままだけど、下だけがめちゃくちゃに溶けたようだ。喩《たと》えるなら、壮絶なカーチェイスでも経てきたような感じだけど、ハリウッドのアクション映画で見るような日向《ひなた》や正義の匂いはまるでなくて、鬱蒼《うっそう》とした、暗い腐臭のようなものが漂っていた。

通り過ぎ、もう後ろ姿しか見えなくなってしまってから、そういえば、あの車は誰かが運転していたはずだ――、と運転手の顔を見なかったことを後悔した。

この距離からではもう見えない。そもそも下半分に目が吸い寄せられて、フロントガラスの中を見た記憶がない。

それからは、そんなことが続いた。

ある日は、会社で起こった。

その日、オレは、幼児用のアニメーションビデオの編集をしていた。下請け会社から納品された音楽とアニメーションとを組み合わせて、連動させるダビング作業。動きと音を滑らかにする。

子ども用に作られたその歌を、オレはその日、初めて聞いた。

みんなでお出かけ　汽車ぽっぽ
しゃしょうさんがやってきて
きっぷをください　はい　どうぞ

あんまりお山がとおいので
おやつをわけましょ　はい　どうぞ
みかんをあげましょ　はい　どうぞ
キャラメルください　はい　どうぞ

重ねるアニメーションの中では、歌に合わせてパンダやきりんや、ぞうやイヌのキャラクターが互いのリュックから品物を出し合い、渡し合っている。歌のボーカルは、歌のお姉さん然としたソプラノの声だった。

オレは一人で作業していた。

歌をぐるぐる、何度も再生するうち、初めて聞いた歌だけど親近感が湧いてくる。

もともと幼児用のわかりやすく、覚えやすいメロディーだ。

おやつをわけましょ　はい　どうぞ

みかんをあげましょ　はい　どうぞ

キャラメルください．

「はい」

その声は、妙にはっきりと、部屋の奥で響いた。

——誰かが入ってきたのか、と思ったくらいだ。

曲はまだ続いていて、オレは、おや、と思って後ろを振り返る。入り口のドアを見る。だけど誰も、いなかった。

声は、歌にある女性のソプラノの声とは明らかに異なっていた。

野太く低い、男の声だった。

オレはあわてて、歌の再生を止める。そうすると、後には、防音室の耳が痛いまでの静寂が残された。

誰もいない。何も、聞こえない。

自慢ではないが、オレは幽霊や超常現象に遭遇したことはこれまで一度だってなかった。幽霊を信じているか、と聞かれても、どうとも答えられない。

山手線内で、あの女の子に会うまでは、こんなことはなかった。

その頃になって、オレは考え始めていた。

あの時。

「私と一緒にここで降りるのと、私があなたの駅までついていくのと、どっちがいいですか」と、彼女に尋ねられた時。

オレは、どちらかを答えなければいけなかったんじゃないか。

おかしな話だけど、どちらかを選ばなかったから、こんなことが続いている気がして、あれから何度か、ではどちらを答えるべきだったのか、と考え続けている。

そのどちらでもない答えを返したオレを見た、彼女の最後の瞳《ひとみ》が忘れられない。

無知な者の愚行を嘆くか、同情でもするような、そんな目だと思ったけど、今ならわかる。あれは、憐《あわ》れむ目だった。

選ばないオレを、彼女はあの時、はっきりと憐れんでいた。


それまで普通に、何事もなく出入りしていたはずの場所でも、それは起こった。

だから、ひょっとしたら、それらは突然現れたのではなくて、もともとあったものに、ただ、オレが気づくようになった、というだけのことなのかもしれない。

本当は最初から、どこでだって起きていたことだったのかもしれない。


雨が降る帰り道、後輩の女の子と歩いていて、傘を差した女性とすれ違う。もう遅い時間で、駅まで急いでいたから、普段だったらまず気に留めなかった。

ビニール傘を差した女性の顔を覗《のぞ》きこむ。

透明なビニール越しに見る彼女の顔の——下半分が、なかった。

いつか、真っ黒い、焼け爛《ただ》れた車を見た時のことを思い出す。下半分がむき出しになって、暗い腐臭のようなものを感じたあの車。

あれと、似ていると思った。顎《あご》がない状態、と言えばいいのだろうか。鼻の下から先が誰かにむしりとられたように真っ赤な穴になっている。その下から、ほっそりとした首が何ということもなく続いていた。ともかくそれは「ない」としか言いようのない状態だった。

思わず目を見開いて振り返るが、前をずっと見たままだった女性は、そのままオレに気づいた様子もなく通り過ぎていく。横を歩く後輩の女の子から、「どうしたんですか」と聞かれ、オレは咄嗟《とっさ》に「今の見た？」と聞いた。

彼女は怪訝《けげん》そうな顔をする。その表情で、彼女は何も気づかなかったのだと悟った。彼女もまた、後ろを振り返る。女性の姿はもう見えなくなっていた。

「確かに、こんな時間にどうしたんだろうって気にはなりましたけど」

「いや、今の女の人、顔が……」

「え？」

おかしなヤツと思われるかもしれない。一瞬言葉を出すのを怯《ひる》んだ隙をつくように、彼女が「いや、子どもですよね」と言う。

今度はこちらが「え？」と尋ねる番だった。

彼女が言う。

「女の人じゃなくて子ども。今、すれ違った」

雨の降る夜を歩いてきたのはさっきの女性だけだったはずだ。子どもなど見た覚えがない。そして、彼女は逆にオレの見た女性に心当たりがないようだった。

彼女が見たのは、彼女の胸の下までの背丈の、黄色い帽子をかぶった男の子で、傘を傾けるようにして歩いていたため、顔まではっきり見ていないと言う。

雨の音が、静寂に強く立ちこめていく。

また、こんなこともあった。

映像を発注されることが多い、とある劇団の舞台を手伝いに行った時のことだ。

舞台の上、天井の照明近くに設置された足場には、これまで何度か案内されたことがある。よく知っている場所だったし、人手が足りない時には、頼まれてこの上で雪に見立てた紙吹雪をカゴからふるい落としたことさえある。

その日も、舞台の設営を手伝う中で、そこにのぼった。オレはそれまで高いところは平気な方だったし、それまでも多少足が竦《すく》むような感覚はあったものの、そこまで恐怖したという記憶はない。

一般的に、光というのは上からくるものだ。

上からの光が差さず、下の舞台から突き上げるように照らされる細い足場を渡るのは確かに異様な感じがした。実際、高い場所が嫌いな人間なら怖いだろうし、多少の揺れも感じる。危ない場所であることは違いない。

ふっと、その時、なぜ上を見てしまったのかは、わからない。

顔を上げて、暗い天井を見てしまう。

するとそこに、足跡がついていた。暗い天井の上で、そこだけぼんやり、特別な光で内側から光るように、足跡と——そして、手形がついている。大人の、手と足の形だ。

もちろん、あんなところに、普通の人間が行けるはずがない。重力に逆らって、宙づりにでもならなければ無理だ。

ぞっとする、というよりは、その頃には、ああ、こういうこともあるのだ、という気持ちだった。

真に薄ら寒い気持ちに襲われたのは、その後だ。

足跡と手形から目線を外し、前を見ると、それまで気づかなかった場所に、薄茶けた紙が張られていた。随分古いもののようで、最近張られたという感じのものではない。だからこそ、舞台の中に溶け込み、これまで目が意識していなかったということか。高所での作業に対する注意書きのようなものだろうか。紙に書かれた文字を読む。

そして、微《かす》かにぞっとした。

そこにはこう書かれていた。

呼ばれても、絶対に後ろを向かないでください。

「おーい」

声がした。後ろから。

妙にはっきりとした、老人のような嗄《しゃが》れた声だった。反射的に振り向いてしまいそうになるほど自然な声。

けれど、オレははっとして目を閉じ、懸命に耐える。振り返って、確かめたい気持ちを、こらえる。

下の舞台では、作業をする同僚や劇団員たちがいるはずで、実際に彼らの声が聞こえる。しかし、舞台上の足場は、そこだけまるで異世界のように、外の世界と切り離された感じた。

すぐ後ろに、人の気配を感じた。

じっと見つめる、視線を感じた。

オレはゆっくり、注意深く、手すりを触る。緊張のせいで、皮膚の下を流れる血の動きまでが強張《こわば》って感じる。幸い、ゆっくりとだが、体は動いた。

ぎゅっと目を閉じると、視界は閉ざされたが、その分、周りに誰かがいる気配がより強く、近くなる。鼻先に吐息の生暖かさを感じた。

手探りに一歩一歩、前に進んで、後ろを振り返らず、端まで行って、ようやく目を開ける。そのまま急いで、下に降りた。


公演前に変な噂が立つのも嫌だろうから、と気を遣って、劇団の中でも気心が知れた若い演出家一人だけを呼び出し、今しがた見たものの話をする。

高い場所で見た張り紙。

呼ばれても振り向くな、という注意書きは、果たして、高所での作業中の注意を促すものなのか。それとも。

あんな場所で、どこから、誰に呼ばれるというのか。

血相を変えたオレの必死な訴えを、演出家は、きょとんとした表情で聞いた。最後まで聞き終え、そして、笑った。

「そうだよ」

と彼は答えた。

「劇場じゃ、よくあることだよ。今さら何言ってるの」


その日、開幕した舞台初日を、オレは観て帰った。

一つの共同体の誕生と解散までを描いた群像劇のその芝居は、ホラーでもサスペンスでもないのに、天井の上がよく軋《きし》んだ。

音楽も台詞《せりふ》もない、数秒の間をつくように、みし、みし、と舞台が鳴る。

空席が目立つ、プロとアマチュアの中間のような小劇団の舞台では、裏方が音を立てても当然だと思っているのだろうか。誰も気にするそぶりがない。

オレだけが一人、強く、「いる」という気持ちを向けながら、その音を聞いていた。

舞台が終わり、ロビーに出ると、気になる光景を見た。

ロビーに出てすぐ、耳にヘッドフォンを当てた学生風の女の子がいた。そこに、T

シャツにジーパン姿の男がふらついた足取りで近づいていく。

女の子の方は、一人で舞台を観に来ていたようだった。男が何か、彼女に声をかけた。見知らぬ男性に声をかけられたことに、女の子は明らかに警戒した様子だった。戸惑いながら、ヘッドフォンを外す。

男が言う、声が聞こえた。

「――、聴いてます？」

言葉の最初がアーティスト名なのか、曲名なのかは聞き取れなかった。

彼は、ゴシック系ファッションの少女ではなかったし、オレが会ったのとは明らかに別人だ。だけど、思う。

こういうことは、よくある。

誰も気づかないだけで、この世の中の、今日もどこかで、起きている。そのスイッチがいつ押されるか、わからない。

私の町の占い師

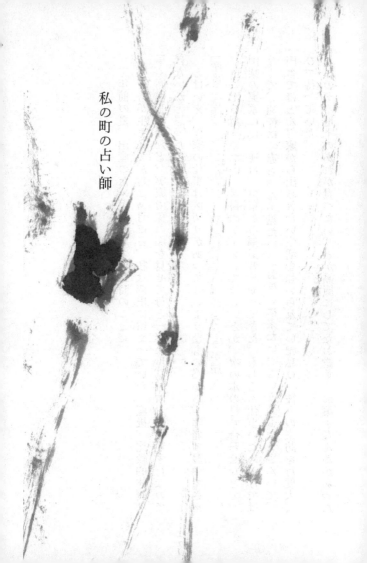

三年前の夏、出産のため里帰りしていた時のことだ。

子どもが生まれてから二ヵ月ほど、私は郷里に留《とど》まっていた。産後、比較的体調は早く回復したけれど、実家で孫の顔を見せて母と一緒に世話をするのも親孝行なのではないかと思ったのだ。

とはいえ、作家の仕事は区切りがあってないようなものだから、陣痛の最中でさえ、「産後二週間くらいで戻してくださいね〜」というゲラが届く。

秋に出る新刊のため、著書にサインしてほしいとか、次の本の打ち合わせなどで、山梨《やまなし》の実家には、連日、東京《とうきょう》から編集者がやってきた。もちろん仕事のためだけではなくて、純粋に「赤ちゃんが見たい」「お祝いに来たい」という人もたくさんいて、田舎でほとんど家から出られない生活を強いられていた私は、彼らの来訪を毎度大喜びで待っていた。

「このデパ地下のあれが食べたい、とか贔屓《ひいき》にしてたお総菜やお菓子なんかがあったら教えてくださいね」とも言われ、東京にいるのだったら、「大丈夫ですよ〜、お気遣いなく」と軽やかに答える余裕のある私が、この時ばかりは「いいんですかっ！」と彼らの親切に飛びついた。

日保《ひも》ちのする、あそこのチョコレートをください。毎日少しずつ食べますから。あそこの餃子《ぎょうざ》を買ってきてもらっていいですか。調理済みのものではなくて、家で焼けるものを……。

などなど、今思うとどうかしていたとしか思えないくらい、彼らに物をねだった。たまに、余裕を見せて「お気遣いなく」と言った私に、お菓子でもお総菜でもなく、私の発想にはなかった、人気のベーカリーのパンをたくさん買ってきてくれた女性編集者がいて、袋をもらった途端に涙が出そうになったりもした。

出版社ごとにつく私の担当者は、主に私と同年代の二十代から三十代の女性で、皆、おしゃれでかわいい。来てくれるとうちの周りは急にぱっと華やかになった。

東京から訪ねてきてくれる人たちに、私は駅から自宅までの道順を「こう説明したらタクシーの運転手さんが連れてきてくれますから」と、同じ言い方で説明していた。周りに目立つものがあまりない住宅街なので、その中でも最もわかりやすい行き方を、と伝えたのだ。

そんな日々が一ヵ月ほど続いた頃だった。

ある時やってきた編集者の女性が、笑いながら、こう教えてくれた。

「今日、来る時にタクシーの運転手さんから聞かれました。この家は、新興宗教か何かなの？　って」

「へっ？」

思ってもみない言葉だった。

「若い女の子がたくさん、この家まで乗せてくれって言うから気になるって言ってました。しかもみんな、同じ行き方を指定するって」

「ああ……」

その編集者は小柄で童顔な、かわいらしい外見をしていて、その日、一人で東京から来てくれた。だから運転手さんも聞きやすかったのかもしれない。

私の実家のある町は温泉街で、タクシーも多いが、確かに旅館のあるエリアではないこんなところまで乗せてくれという客は珍しいのだろう。ひょっとしたら、タクシーの運転手同士の情報網で噂になったりしているのかも、と思うと、軽く目眩《めまい》がした。

田舎って狭い。

「宗教じゃないですよって答えたんですけど、本当？　あなた一人で大丈夫？　って心配されちゃいました」

「すいません。うちの土地柄って、よくおせっかいな人が多いって言われるんですけど」

しかし、新興宗教というのはまた極端な発想だ。だけど、無理もないのかもしれない。富士山《ふじさん》のお膝元《ひざもと》だということもあってか、山梨県はこれまでも数々の宗教団体がやってきた土地だ。

東京からのおしゃれでかわいい女の子たちが、手に思い思いの貢ぎ物のようなデパ地下の紙袋を持ち、民家に消えていく。中には、来た時のタクシーから番号を聞いて、そのまま同じタクシーを電話して呼び、帰っていく人たちもいた。

うちで赤ん坊を見て「わー、ふわふわ」とか「癒《いや》される！」と話す彼女たちが帰る時は、確かにちょっと恍惚《こうこつ》とした、ほわーっとした表情になっていたかもしれない。何か神秘的な体験をしたのではないかと思われても仕方ないのかもしれない。

自分がこの町に都市伝説を提供してしまったような気持ちで、その夜、彼女が帰ってから別の編集者へのメールに、そのことを書いた。

すると、彼女もまた「実は私も……」と返事を書いてきた。

「同じ運転手さんじゃないと思うんですけど、『この家は何？　占い師？　それともレストラン?』ってしつこく聞かれたことがあります。困って、『いえ、知り合いの方の家です』って答えたんですが」

後にこのことを夫に話したら、「そんなの、東京の友達が出産して帰ってるんで、って答えたらいいじゃないか」と言っていたけど、その辺りのことを一切言わないでいてくれたのは彼女たちなりの気遣いなのだろう。ともあれ、うちはタクシーの運転手さんたちの間で都市伝説化してしまった。

それからしばらくして、今度は地元の友達がうちに遊びに来た。

「わー、かわいい。抱っこさせてー」と言って赤ちゃんを抱き上げる彼女たちは、私が山梨でOLをしていた頃の元同僚たちだ。

車社会・山梨では、車がないと生きていけないので、自分たちの車でやってくる。当然、タクシーは使わない。

「実はこんなことがあってさ」

うちが新興宗教や占い師の疑惑をかけられたことを話す。私としては軽い笑い話のつもりだったのだが、それを聞いて、一人の子の顔つきが変わった。

「ああ! この辺りに占い師の家があるから?」

「え？」

「その家と間違えてるんじゃない？　有名だもんね、すごく当たるって」

そんな話は聞いたことがない。子どもの頃からこの辺りで生まれ育ったけど、知らない。

しかし、私はあまり興味がないけど、その子は昔から占いが大好きで、評判の人がいればあちこち出かけていたし、占いとは少し違うかもしれないけど、パワースポットと呼ばれる場所にもよく出向いていた。

そういえば、山梨には、占い師が多く住む、と聞いたことがあった。

テレビで芸能人相手に占っている人を「普段は山梨で活動している」と紹介している番組を観たような覚えもあったけれど、そういう人は富士山とか八ヶ岳《やつがたけ》とか、山の麓《ふもと》のような荘厳なイメージのある場所にいるのだろうと思っていた。うちのような温泉街とか住宅地には無縁の存在の気がする。

そう言うと、しかし、彼女が大真面目に「えー、そうでもないよ」と否定する。県内の占い師を、彼女は昔、当時付き合っていた恋人とのことで悩んでいた頃に、随分あちこち巡ったそうだ。

「紹介とかされて訪ねてくと、本当に普通の民家なことが多いの。看板も表札も出てない、一人暮らし用のアパートの一室みたいなとこも多くて、こたつで見てもらうことなんかもあったよ」

「こたつ⁉」

その場にいた他の子たちと思わず聞き返すが、彼女は平然と「うん」と頷《うなず》く。

「玄関入ってすぐにこたつがあったりして、出てくるのも普通のおじさん。散らかってるし。あれ、間違えたかな？　と思ってると、『あ、占い？』って聞かれて、『あ、そうです』って感じ」

「怖くないの、それ。仕事用の部屋じゃなくて、その人の自宅ってことでしょ？」

「うん。だから、さすがに友達と行ったけど」

肝心な結果はどうだったのか、当たったのか、と尋ねると、彼女はそれには笑って「うーん、微妙かな」と答えた。

「自分の生年月日と名前を伝えて見てもらう占い方だったけど、『あ、そこ片付けるから座って』みたいな感じで気軽に入ったから、私もきょとんとしちゃって。何年か前の話だし、正直、何言われたか覚えてないんだよね。ただ、一緒に見てもらった友達は、当たったって言ってたかな」

「そっかー」

友達が当たった、というものの、その言い方も随分と軽い。普段あまり意識しなかったけど、確かに整体やネイルサロンならば、マンションやアパートの一室のような場所で営業している人たちも多いから、そんな占い師がいてもおかしくないのだろう。

するとと、別の友人が急にこんなことを言った。

「オレの名前も、実は近所に住んでる占い師につけてもらったんだよね」

彼は、その時一緒に来ていた私の元同僚の旦那《だんな》さんだった。個人が特定されてしまうといけないので名前は伏せるが、確かに少し変わった名の持ち主だ。字自体は変わったものではないけれど、組み合わせと読ませ方がやや複雑というか。

「だってオレ、変な名前でしょ？」と彼が笑った。

「それがどこの誰だか知らないんだけどさ、母親が近所に住む占い師のとこに行ってつけてもらったっていうんだよ。それ、すごく不思議なことだと思う。名前って影響大きいからさ。この名前で特に何があったってわけじゃないけど、それでも、他の名前で生きる人生と、オレがこの名前で生きてきた人生は明らかに違うと思うんだよ」

思いがけず掘り下げた占い師話は盛り上がり、みんなが一つや二つ、自分の身近にいる占い師に心当たりがあることがわかってくる。

しかし、うちの近くに占い師が住んでいる、という点については私はまだ半信半疑だった。いるかもしれないけど、私の友人が言うような「すごく当たる」人がいるようにはどうしても思えない。ずっと何もないのどかな土地だと思ってきたし、そんな雰囲気をまるで感じない、というか。

眉唾《まゆつば》だ、と思うけれど、私にその話を聞かせた彼女は熱心に言う。

「タクシーの運転手さんたち、この家の他にもそうやって東京からお客さんを乗せてきてるんじゃない？　その占い師のおうちに」

「そうかなぁ」

「私は行ったことないけど、私の先輩の友達が聞いた話だと、その占い師は手相とか姓名判断で占うんじゃないんだって」

「じゃ、どうやって占うの？」

「抱きしめるんだって」

「抱きしめる？」

尋ねる私に彼女が「うん」と頷く。

「一度、ぎゅっと抱きしめておしまい。それでわかるらしいよ。他には何も聞かないの」

「え、その占い師って男性？」

「ううん、女性。六十代くらいの。両手に金属とか紐《ひも》とかのブレスレットじゃらじゃらつけてて、その力で占ってるんじゃないかって」

女性なのだったら、抱きしめられても抵抗が少ないのかもしれない。彼女が続ける。

「なんかね、そこに占ってもらいに行った女の子が、抱きしめられる直前に、占い師の人から、『今日はやめましょう』って言われたんだって」

「うん」

「どうしてだろう？　って思いながらも、わかりましたって帰ったら――その帰る途中で、なんと交通事故に遭って、その子、死んじゃったんだって」

「えーっ！　怖い」

「でしょう？　私ももしそんなこと言われたらどうしようって思って、だから占ってもらう勇気が出なくて」

「怖い、怖い」と盛り上がる彼女たちを前に、私は妙に白々、「あ、よくあるパターンの話だ」とかかわいげのないことを思っていた。

私の元同僚たちは普段から本も映画も見ないタイプで、ある意味、怖い話に対してウブというかピュアだ。劇薬のような実話系や恐怖映像を水を飲むように嗜《たしな》む、感覚の麻痺《まひ》した私とは違って、これくらいの話でも怖がれるのだろう。羨《うらや》ましいな、とすら思ってしまう。

先輩の友達が聞いた話だと——、という「友達の友達」系は実話としての信頼度は落ちるし、第一、占い師の元から帰った彼女が死んでしまったというなら、その体験談は誰がもたらしたものなのだ。

抱きしめるという占い方も、両腕に金属や紐のブレスレットをじゃらじゃらつけていて、という話も、具体的なようでいて、ある種の定型のような気もする。

そんなことを思いながら、授乳時間が近づいて、ふわふわ言い始めた自分の子どもを抱きかかえる。

——そんなかわいげのないことを思う私だが、実は、これまで一度だけ、占いというか、不思議な予言をされたことがある。

私はもともと、占いを信じない。

積極的に「絶対に信じない」と言うほど強い立場というわけでもないが、自分の日常に必要をそこまで感じていない、という言い方がいいだろうか。

女性誌の企画で、著名な占い師の先生と対談させてもらえる、という提案があった際にも、「もったいないお話ですが、私以外のどなたかの方がいいと思います」と丁重にお断りした。

怪談や実話系が大好きで、専門誌やアンソロジーにまで執筆させてもらっているのに罰当たりな話だと思うが、幽霊を信じているかどうか、と聞かれても、あまりその質問自体がピンと来ない。いると言う方は見ていると思うのですが、私は見たことがありません、と言うより他ない状態だ。

普段、占いの必要を感じない私は、だから、自分からあまり占いを求めない。

それでも、本当に何か「縁がある」としか言いようのない、信じる信じないにかかわらずそこに「ある」力は、力の方から求めない人の元にも来てしまうのではないか、と思っている。

今から六年ほど前、私は先輩作家につれられて、彼のファンクラブの人たちのところによく出入りしていた。

同年代の人もいたし、本を愛する大人の集まりだったので、楽しんで顔を出していた。

あるとき、その集まりの中にいる一人の男性から、こう言われた。

「三年後に、すごくいいことが起こりますね」

後から知ったことだったが、彼はタロットカードなどで占いをする人だった。しかし、私にはタロットカードを用いず、本当に、何の気なしにそう言った感じだった。「占いですか？」と尋ねた私に、彼は曖昧《あいまい》に笑って、「これは占いではないです」と答えた。

「別口で感じたものですから」

――その〝別口〟がいったい何だったのかを、私は今も知らない。

そして、彼に言われた三年後、私は文学賞の直木《なおき》賞を受賞した。

彼は私にはそこまではっきりと口にしなかったが、別の知人には「辻村《つじむら》さんは三年後に直木賞をとる」と明言していた。私も人づてにそれを聞き、最初は「まっさかー」という気持ちだった。

私は三度目のノミネートでの受賞となったが、彼に予言されたその頃は、まだ一度もノミネートされた経験がなく、普通に考えれば、私と文学賞というのは、よほど出版業界の事情に通じていなければすぐに結びつかない存在だったと思う。もちろん、その人は、出版業界とはまったく違う世界に身をおく人だ。

占いの効果にはいろんなものがあるだろうけど、私の場合、彼から言われた「三年後」はかなり大きな意味があった気がする。

最初にノミネートされた時、ものすごく嬉《うれ》しくて、はしゃぎながらも、『『三年後』と言われてしまった以上、今回の受賞はないんだな」と妙に達観している自分がいた。その次の年も然《しか》り。

だから、彼に言われた三年目に本当に三度目のノミネートを受けた時には、一番ドキドキしていた気がする。今回の受賞がもしなかったら、この先、どこまでまたこの一喜一憂を繰り返す流れが続くのか、と思っていた。

受賞が決まってすぐに行われた受賞作のサイン会に、その人は来てくれた。

「ちょうど三年でしたね」という顔に、恩着せがましさや、嫌な感じはまったくなくて、自分の予言が当たったことについても、あっさりとそれ以上は触れなかった。

考えてみれば、その人と会う時は、そういうことが多かった。

「貧血を起こしたでしょう」とか、「今、すごく怒ってるでしょう」と言われることがよくあって、それらが全部当たっていた。いつの頃からか、私はそれを不思議にも思わなくなって、「どうしてわかったんですか?」と聞くことは聞くけど、答えは求めない、という感じだった。

彼も、「いや、今、耳を見てそう思って」とか、そういうことを言うだけだったけど、考えてみれば、これってすごいことだったんじゃないか。

この話をすると、よく、「その人を紹介してください」と言われる。

けれど、私は占いや、彼が言う〝別口〟の予言みたいなものは、すべて、相性によるのではないかと思っている。その人と自分が合うからといって、別の人とその人が合うとは限らない。それに、その人は本業の占い師ですらないのだ。

三年後の予言の後、彼に言われたことはひとつだけ。

「呼吸の仕方を間違えないように」ということだけだ。それ以来、予言はないし、私も聞かない。

今回、なぜこのことを書いているかと言えば、先日実家に帰った際に、私は、件《くだん》の、「うちの近くに住んでいるらしい、抱きしめて占う占い師」らしき人を見た、と思ったからだ。

絶対に眉唾《まゆつば》ものの話だと思ったし、こんな田舎にそんな人がいるはずがない、と思っていたけれど、その人は、私の実家近くのスーパーマーケットのレジの奥に立っていた。

会計を済ませた後、袋に物を詰める、あの場所だ。

痩《や》せすぎるほどに痩せた、背の高い人だった。若い時にはさぞ美人だったろうと思う風格に満ちた立ち姿に迫力があって、スーパーのレジに並ぶ人にはあまり似合わない、クジャクの羽の柄が入ったショールを巻いていた。

その時、気づいた。彼女の両腕には、金属や紐《ひも》のブレスレットがたくさん嵌《は》められていた。片腕に、軽く見ても二十本以上の装飾品が揺れている。

買い物袋を彼女が持ち上げると、シャラシャラと金属が揺れる音がした。

産後すぐの頃に聞いてそれからずっと忘れていた、あの占い師の存在を思い出した。

この人かもしれない、と思った。

彼女は一人で、持参していた真っ黒い袋に買ったものを入れ、出て行こうとしていた。

その時、彼女の足元に、誰か、子どもの忘れ物らしい、小さな青いミニカーが落ちているのに気づいた。

少し離れた場所で棒立ちになったまま彼女に目が釘付《くぎづ》けになる私の前で、彼女がおもむろに屈《かが》んだ。落ちていた青いミニカーを手にとり、そして、そっと胸に抱き寄せた。その瞬間、彼女の両腕のブレスレットが、シャラララ、と音を立ててまた揺れた。

彼女はなぜか、そのまましばらく目を閉じた。

深呼吸するような間を置いてから、彼女がミニカーを、持っていた自分の袋に入れる。そしてそのまま、スーパーを出て行った。

その後、占い師についての話を聞かせてくれた元同僚に、このことをメールした。それっぽい人を見たんだけど、違うかな？　クジャクの羽の柄が入ったショールを巻いてたんだけど、そんな目撃証言はない？

彼女からの返信はすぐあった。

クジャクのショールはどうだか知らないけど、彼女はその年の冬に山梨を襲った大雪について、何人かに「気をつけて」と言っていたという噂があるのだと、書いてあった。

すでに起こったことについて、後から出てくる話には信憑性《しんぴょうせい》が怪しいものが多い。けれど、「前から確かにそう言われていた」のだということを、知っている本人は心《しん》から覚えているのだから、予言とは、そんなものでいいのではないかと思う。

抱き寄せることや、〝別口〟の予感。

信じる信じないにかかわらず、向こうの方からやってくる力はたぶん、ある。

ミニカーを胸に抱き寄せた彼女が、私に気づいて、こちらにやってきて何か言ったらどうしようと、あの日、私は内心ハラハラしていた。
その必要がなかったことを、ほっとしながら、今、思い出している。

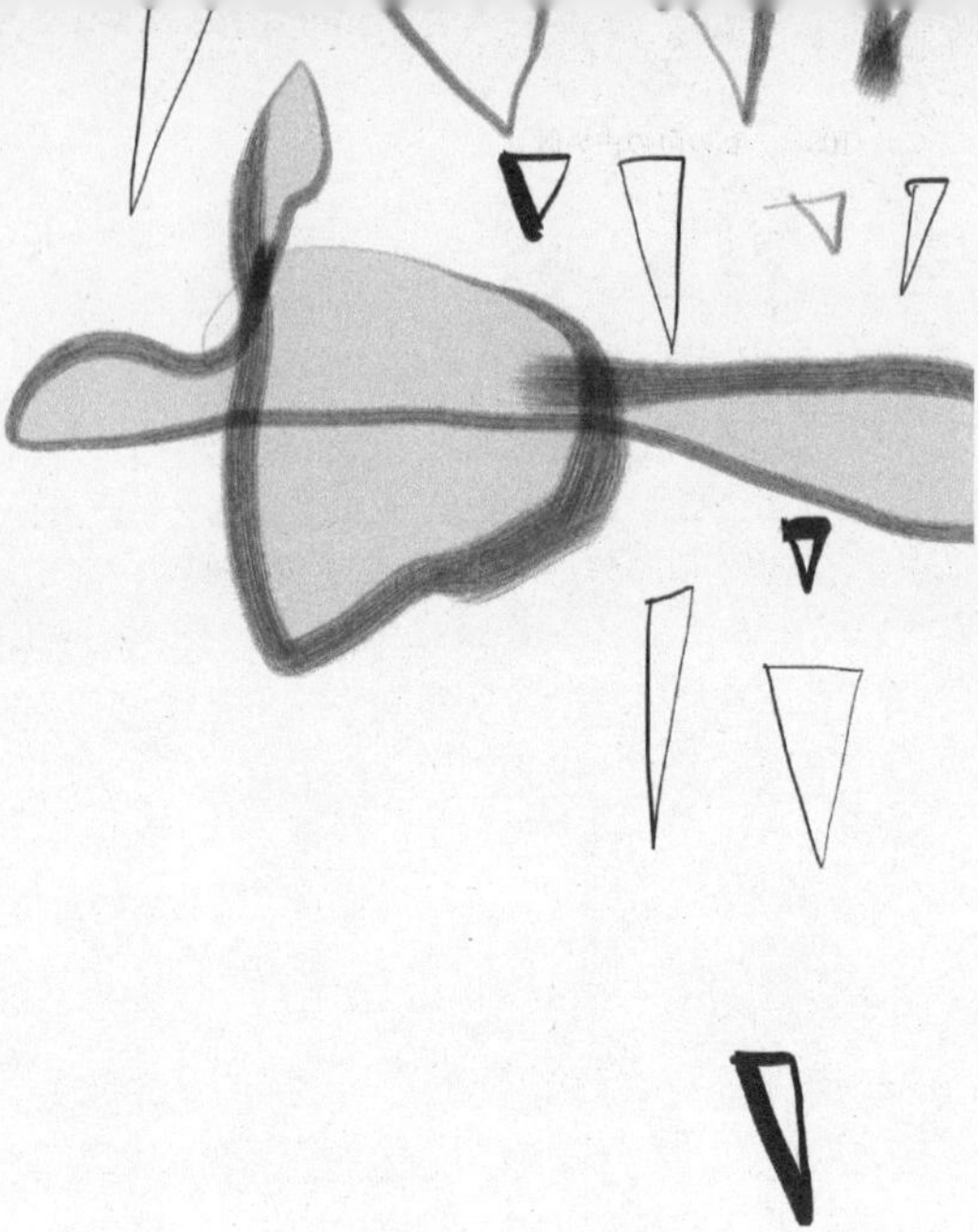

やみあかご

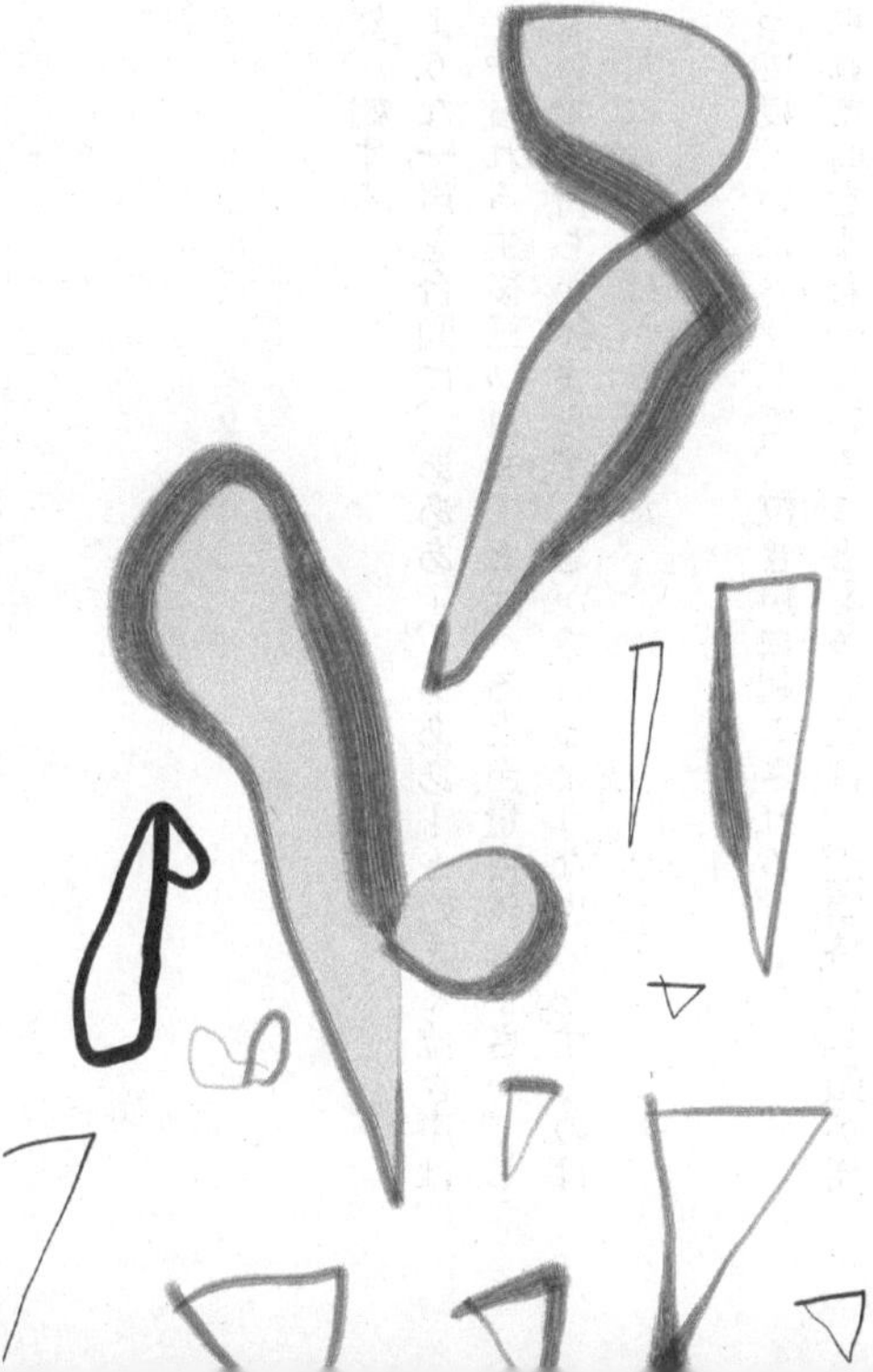

この子の夜泣きは、突然、始まる。

ぎゃっという息継ぎのような一声を合図に、あああー、あああーと始まる泣き声は、全力でおぎゃあおぎゃあとやられる生後三ヵ月までと比べると声量自体は小さい。しかし、長く断続的に続くせいで気持ちが休まらず、急《せ》かされるような思いをするのは一緒だ。子どもは今、十ヵ月になったばかりだった。

「はいはい」

夫と三人、川の字になって寝ていたベッドで、泣き声に起こされる。

毎日遅く、帰宅する頃には零時をまわっていることも多い夫は、近頃特に「頭が痛い」と訴えるようになった。首から頭の真後ろにかけてが、「重たいものに押されているよう」に痛むのだと言う。

普段は、夜泣きするこの子の横で狸寝入りを決め込む姿に苛《いら》つくことも多いが、なるべくなら今日は寝かせておいてあげたい。

小さな豆電球の照らす、オレンジ色の光だけが頼りの薄暗い部屋の中、眠たい目を瞬《しばた》いてどうにか身体を起こすと、泣き声を上げた子どもは身体を反って、夫をぐいぐい、ベッドの反対側に押し出そうとしている。よりにもよって、痛むという頭の上に寝返りを打ちそうな勢いだ。

「はいはい、ごめん、ごめん」

子どもを腕に抱き、そっと寝室を出る。

泣き声はまだ収まらない。

母親は消防士なのだと、前に育児書で読んだことがある。火がついたように泣く赤子の声の消火活動に燃える消防士。夫の耳から声を隠すように、子どもをリビングに連れて行く。

そっと絨毯《じゅうたん》の上に降ろすと、子どもは泣くのをやめて、はいはいを始めた。

本格的に目を覚まされてしまうのが嫌で、灯《あか》りはつけなかった。カーテン越しに差し込む薄い月明かりだけでも十分なのか、子どもは嬉《うれ》しそうにテーブルに近寄っていく。

まだ自分でしっかり立つことは難しいが、摑《つか》まり歩きをするのが、今は何より楽しいらしかった。リビング中央にある低いテーブルに手をつき、ぐるぐる、ぐるぐる回り始める。

寝つく気配はない。

ではまだ自分も眠れないのだと、徒労感に襲われ、ため息が出る。とはいえ、ベッドに戻せばまた状況は逆戻りだ。こうなりゃ自棄《やけ》だ、とばかりに、子どもに付き合ってテーブルに手をつく。「わっ」と声をかけながら、子どもをゆっくりとした速度で追いかける。最近追いかけっこを覚えた子どもは、嬉しそうに「きゃー」と声をあげて、テーブルをぐるぐる回って逃げていく。

薄い闇の中で、子どもの顔が見えないことに、しばらくしてしみじみ気づいた。粗い闇の粒子が顔のあたりを隠すように被《おお》って、そこに目鼻があることも、厚みがあることも、しかとは確認できない。「きゃははは、きゃははは」と聞こえる赤子の声も、確認できる青と黒の縞《しま》模様のパジャマも、確かに自分の子どものものだが、ふと、不思議な気持ちに襲われる。

私は深夜に、顔の見えない赤子と追いかけっこをしている。

嬉しそうに笑い声を響かせ、興奮しながらテーブルを回る子どものスピードが、速いような気が、だんだんとしてくる。速すぎるんじゃないかという気すら、してくる。

このままではきりがない。

子どもが一瞬足を止めた隙をついて、「もうおしまい」と腕に抱く。

寝室に戻ると、押し出されるようにベッドの隅に押しやられた夫が、猫背になって身体を丸めているのがおかしかった。

せっかく一人なんだから、もっと堂々と真ん中に寝直せばよかったのに。そう思ってベッドに歩を進めようとした時、足先が、固まった。ぞっと寒気が襲う。

夫の横で、子どもが寝ていた。

オレンジ色の電球に照らされて目を閉じ、唇をだらんと開いて眠っているのは、確かに、私たちの子どもだった。

赤子の泣き声は、もうどこからも聞こえない。

腕の中でずっしりと抱いた、子どもの重みが増していく。誰かが自分を、胸の中から見上げている気配が、さっきからずっとしている。

その顔を見ることが、怖くて、できない。

だまだまマーク

春歩《はるほ》が「だまだまマーク」と言い出したのは、幼稚園に通うようになってすぐのことだった。

遊びながら、歌うように言う。

春に歩く、と書いて春歩。

息子の春歩は言葉が遅く、二歳まで、私は随分心配したものだった。けれど、三歳になって幼稚園に通うようになってから、まるでコップにたまった水があふれるようにして、一気におしゃべりになった。幼稚園の友達との間で流行《はや》っているのか、教えていない言葉を急に話したり、歌を歌いだしたり。瞬く間に成長し、嬉しい変化が続いていた。

まだ本人にしかわからない言葉を夢中になって「あのね、あのね、はるくんはぁテベリでアパンノマンとはぶんこしたらおっこちてぇ」などと話してくれて、こちらもそれに「うんうん」と相槌《あいづち》を打ったりする。やはり幼児の話なので、最後の方はいつも脈絡がなくなってぐずぐずになる。ちなみに「テベリ」は「テレビ」、「アパンノマン」は「アンパンマン」、「はぶんこ」は「半分こ」のことだ。

だまだまマーク、はそんな言葉の一つで、ある日、幼稚園から帰ってきた息子がリビングで遊んでいると、ひとり呟《つぶや》くのが聞こえてきた。

「だまだまマーク。ぐるぐるマーク」

私は台所で少し早い夕飯の支度をしていた。見れば、息子は最近好きになったミニカーやぬいぐるみを並べている。もともと一人遊びが上手な子で、大人が相手をしなくても、ひとりで何かを話すことはよくあった。

〝ぐるぐるマーク〟はわかるけど、〝だまだまマーク〟って？

おもしろい言葉だ。

私は少しおかしくなって、「はるくん」と呼びかける。ミニカーを使っていた息子は、母の方を振り返りながら「んー？」と間延びした声を返した。

「だまだまマークって何？」

「ん？　だまだまマークは、けっこう、たのしいよっ」

なんだそれ、と思いつつも、「ふうん」と答えた。結構楽しいのか、と思うと、遊んでいる後ろ姿もかわいくてたまらなくなってくる。

息子は答えたきり、また遊びに戻ってしまった。

その後、砂鉄と磁石で絵を描くお絵かきボードで、私が「ぐるぐるマーク？」と聞いて、うずまき模様のぐるぐるを描いて見せたが、息子はきょとんとしてよくわかっていないようだった。きっと言葉がおもしろいから言っているだけで、ひょっとすると「マーク」というものの概念自体よくわかっていないのかもしれない。

その日帰ってきた夫に、ぐるぐるマークとだまだまマークの話を聞かせた。

彼は聞いたことがなかったようで、夕飯のビール片手に「本当に？　そんなこと言ってるかぁ？」と話していたが、そのすぐ横で、その時、まるでタイミングを計ったかのように春歩が「だまだまマークになあれ！」と人差し指を突きつけるような動きをした。

夫が、「おお、本当だ」と驚く。

こんなふうに相手を攻撃するような身振り手振りをするのも、幼稚園に入ってからだった。特撮のヒーローものなどはうちではまだ観せていないのに、観ている他の子の影響を受けてか、いろんなことを覚えてくる。

「確かに言ってるね」

「ね。なんのことなんだろう？　今度先生に聞いてみようかな」

「水玉マークのことかな」

そう言って、「はるくん」と息子を呼び、振り返った息子に、その時ちょうど近くに畳んであった水玉のタオルを広げてみせる。

「だまだまマークってこれ？」と尋ねるが、息子の反応は悪い。「ちがうよぉ」と答えて、また部屋の隅にあるおもちゃの方へ行ってしまう。

私は夫に言った。

「なんか、マークじゃないかもしれないんだよね。ぐるぐるマークにも反応なかったし」

「そうか。何なんだろうな」

そうやって首を捻《ひね》る私たちのそばで、春歩が棚の陰に体を半分隠すようにして、

「ばばばばば！」と手を広げ、攻撃音を口にする。

今度は「ぐるぐるマークになあれ！」と攻撃されたので、それを受け、夫が「わあー、ぐるぐるー」と手をくるくる回して倒れる演技をする。息子は、おかしそうに「きゃははは」と、笑っていた。

翌日、幼稚園まで子どもを送っていく時、園の前にある大きな木の横を通った。

道路にまではみ出そうなその大木は、幹の部分に大きな洞《うろ》があり、子どもたちがよくそこにものを入れたり、足をかけたりする格好の遊び場になっていた。猫や犬くらいなら入ってしまいそうな、大きな穴だ。

春歩の幼稚園は、お寺がやっている。

広々としたお寺の境内や、この大木のある環境が気に入って、私も夫も見学して一目でこの幼稚園に決めたが、今通っている子の親の中には、この大木や、幹にある洞が危ないとか不気味だとか言って、切ってしまったらどうか、と園に意見する人もいると聞いて驚いた。

幼稚園が終わってからもいろんな子が名残惜しそうに遊びまわる、この木に見守られたような境内。この雰囲気がいいのに、とそんな人たちがいることを少しばかり残念に思う。

「おはよう、はるくん。はるくんママ」

「あー、おはよう。みっくん」

春歩と同じクラスに通う子の、顔見知りのお母さんと挨拶《あいさつ》を交わす。

子どもたちは出会ってすぐに、「お」とアイコンタクトを交わし、すぐにぴゅーっと私の前に走り出した。あっという間に境内の中央まで行ってしまう。

「あー。走っちゃだめよー！　ゆっくり行ってー」

　私が言う声に、二人とも返事もせず、足取りも緩まない。

　仕方ないなぁ、という気持ちでみっくんママと顔を見合わせ、一緒に笑って、幼稚園まで歩く途中、ふと思いついて、聞いてみた。

「ねえねえ、みっくんて〝だまだまマーク〟って言ってる？」

　みっくんママはきょとんとした表情を浮かべ、「え？　だまだまマーク？」と聞き返してくる。その顔で、あ、みっくんは言っていないんだ、と気づいた。

「なんか、うちの子がよくそう言ってて」

「知らないなぁ。でもうちの子もよくわけのわかんないこと言ってるから、ひょっとしたらその中にあるかも。今度よく聞いといてみるね」

「あ、ありがとう」

「だまだまマークって、なんかかわいいね」

「うん」

　春歩とみっくんは、後からやってきた他の子も巻き込んで、朝から戦闘ごっこの真っ最中だ。境内全部を自分たちのホームグラウンドのように、大木にも足をかけ、楽しげにわーわーと遊んでいる。

「そういえば」

今度は、みっくんママが視線を上げた。

境内から見える、青い屋根の家の方を見る。

「あそこ、新しい人が入ったと思ったらまたすぐ出ていっちゃったね」

「え、そうなの？」

「うん」

お寺から近い場所にあるその一軒家は、庭つきのなかなかよさそうな建物なのにいつも空家になっている。

幼稚園と近いので、通うのには便利そうだと保護者たちの間でたびたび話題になる家だった。

魅力的な立地だが、住人が入っても、またすぐにいなくなる。本気で住み替えを検討している保護者はいなそうだけれど、「あー。狙ってたのに入っちゃったか」と思った次の月には、再び門の前に『FOR RENT』の看板が出され、「あ、また空家になってる」と気づくようなことの繰り返しだった。

先月入った人は、若い夫婦だったようだ。新婚だったのか、新車らしきミニバンが門の近くに停められているのを何度か見た気がする。

「園長先生たちから聞いたんだけど、あの家って前は長く住んでた人がいたらしいんだよね。だけど、その人たちが出た後からは人が居つかないんだって」

店舗でもないのに〝居つかない〟という表現を使うことが珍しく、新鮮な気がした。みっくんママの説明に、私はなんとなく「ふうん」と相槌《あいづち》を打つ。彼女が続けた。

「園長先生によるとね、前はちょうど幼稚園に通うくらいの子どもがいて、その子が両親と一緒に住んでたんだって。もともと父方の実家だったらしくて、おばあちゃんも一緒に」

「そうなんだ」

幼稚園の園長先生、というのはつまり、このお寺の住職だ。さすがに地域の事情に詳しい。感心しながら頷《うなず》くと、みっくんママがさらに教えてくれる。

「住んでたその子が生まれてすぐくらいに、その家のおばあちゃんが病気で亡くなって、それからは両親とその子の三人で住んでたらしいんだけど、ある日、急に引っ越しちゃったんだって。それからは人が入ったり出たり、居つかない」

「ふうん。その子はこの幼稚園の子だったの？」

「ううん。それが違うの。なんか先生たちの話だと幼稚園に通える年になっても、どこにも通ってる様子がなくて、だから、勝手に境内に来て、よく幼稚園の子にまじって遊んでたって。園長先生がそれを見て、何度かうちの幼稚園に入れたらどうかってその子の親にも言ったみたいだけど、結局最後まで入らないまま」

「へえ。まあ、幼稚園は義務教育じゃないし、そういう家もあるかもね」

正直、私は日中子どもと二人だけで過ごす生活から、今、子どもが幼稚園に通ってくれるようになってだいぶ楽になった。春歩が出かけたその後でゆっくりアイロンがかけられたり、自分ひとりのためにお茶をいれて飲めたり。その時間なく、やんちゃ盛りの子どもを家でずっと見ているというのは、それはそれで大変そうだ。

みっくんママが微《かす》かに顔を顰《しか》めた。

「でも、幼稚園の方は大変だったみたいよ。境内で遊ばせてるといつの間にかその子が紛れ込んできちゃうし、親も放置っていうか、そばにはいなくて、結局いつも先生たちがその子をあの家まで送っていく羽目になってたって」

「ふうん。それ、どれくらい前の話？」

今こうやって話しているその子も、今はもう引っ越した先で小学生になったりしているのだろうし——と思って聞くと、みっくんママの答えは驚くべきものだった。

「さあ？　十年くらい前？」

「えっ。そんなに？」

「うん。だから、あの家、建物自体もそろそろ古くなってきてるんだろうね」

園長先生を務める住職さんは、土地にまつわる、それこそいろんな人たちを見てきているのだろうから、それがたとえ十年前であっても最近のことのように覚えているものなのかもしれない。

幼稚園に通っていなかったというその家の子どもは、では、今はもう小学生どころか、中学生か高校生だ。

その事実に、私はなんとなくほっとする。

子どもができてから、春歩と同じくらいの子がかわいそうな目に遭っていたりするニュースにめっきり弱くなった。中学生や高校生もまだ子どもは子どもだが、いとけない幼児が〝放置〟なんて言葉で語られるのに比べたら、やるせなさの度合いは遥《はる》かに違う。今はもう大丈夫なのだろう。

「こら、ミツルー！　もう幼稚園に入るよー」

みっくんママが声を上げ、自分の息子の方に駆けていく。その後ろ姿を眺めてから、私は例の青い屋根の家をもう一度振り返った。

住人がいない古い家は、午前中の明るい太陽を浴びて、ひっそりと静かに佇《たたず》んでいる。

それからしばらくして、子どもを迎えに行った時のことだった。

「はーい、今日も元気でしたー」

クラスの部屋の入り口で、先生が子どもを引き渡してくれる時、ふと思い出して、

「そういえば」と、今度は彼女たちに聞いてみた。

「〝だまだまマーク〟って、何か知ってますか」

特に深い意味があってのことではなかった。

きっとクラスで流行《はや》っている遊びか何かがあるのだろうから、それについて教えてもらおう、くらいの気持ちだった。しかし、その言葉を告げた途端、まず、年配の三《み》田《た》先生の表情が固まった。

それは、なんとも形容のしがたい表情だった。強い驚きとともに、一方で、ああ、と何かに納得したふうにも見える。さらに驚いたことに、その先生の後ろで、別の子の引き渡しをしていた中本《なかもと》先生までもが、その保護者との会話を止め、やはり驚いた顔で私と春歩の方を見ていた。

三田先生が言った。

「……はるくん、言ってるんですか。だまだまマークって」

「え、あ、はい。言ってるんです、が」

何かいけないことを言ってしまったのだろうか。おそるおそる返事をすると、三田先生があわてたように「あ、ごめんなさい」と謝る。

「いいんですよ、言ってても。ただ、そうか、今年ははるくんなんだって思って」

「え？」

先生たちが顔を見合わせる。そして、こう言った。

「何年かに一度ね、この幼稚園で〝だまだまマーク〟って言い出す子がいるんですよ。誰かから何かのはずみに聞いたのか、何かが見えたからそう言ってるのか、理由はよくわからないんですけど」

「えー！」

私は思わず口元に手をあてる。なんだそれ、という気持ちで三田先生を見つめ返すと、横の中本先生までもがびっくりした顔のまま「そうなんです」と頷いた。

「毎年ってわけじゃないんですけど、たまに出てくるんですよ。教えたわけじゃないのに、なぜか『だまだまマーク』って言い出す子。それなあに？　って聞いてもなかなかはっきりした答えはかえってこないんですけどね」

三田先生も言う。

「前に言ってた子から何か聞いたってわけでもなさそうで、本当に唐突に言い出す子が出るっていう感じなんですよ」

「それは不思議ですね……」

当の春歩は周りの大人の驚きなどどこ吹く風で、早くクラスの部屋を飛び出し、廊下を走り出したくて仕方ないといった様子だった。

先生と私の腕をすり抜け、行ってしまう。その姿をみんなで見つめながら、「不思議ですよね」と先生たちも言った。

「なんでしょうね。言う子にだけわかるフィーリングみたいなものがあるんですかね。ここしばらくは聞かなかったけど、そうかぁ、はるくんが言ってましたか」

「じゃあ、春歩の他の友達は、クラスでは誰も言っていないんですか。だまだまマーク。何かが流行ってるってわけでは」

「そうですね。今のところ他の子からは聞きません」

廊下を端まで走って戻ってきた春歩が、今度は甘えるように私の手にしがみついてくる。にやにや笑って、私と先生とを見上げる。

「かわいいですよね。見える子にだけ、何かが見えてるのかな」

中本先生が言って、ふざけ調子に「はるくーん。だまだまマークって何？　先生にも教えてー」と話しかける。

その声に春歩が体をよじり「やーよー。だまだまマークは、とおい、もーん」と答える。

結構楽しかったり、遠かったり。だまだまマークは改めて謎だ。

しかし、照れたようにそう言うわが子がかわいく、「だまだまマーク」が見える特別感は、なんだか悪くなかった。

その日、帰り際、靴を履こうとした時に、春歩が自分で自分の靴をきちんと靴棚から選んで、手に取った。

そういえば、毎日先生とやり取りする連絡帳も机の上に並べられたたくさんのものの中からきちんと自分の分を選んで持ってくる。

「自分のがきちんとわかって偉いね」と褒めると、春歩が「はるくんマークのくまー！」と答えた。

幼稚園では、入園に際して、一人に一つ、マークが与えられる。それはどの学年の子でもそうだ。星や太陽、ハートのような記号から、熊やぞうのような動物、さくらんぼやケーキなどの食べ物など、マークの種類は様々だ。

幼稚園の靴棚や連絡帳には、字が読めない子どもたちのために、そのマークが貼られ、みんなそれを目印に自分の持ち物を覚えていく。

春歩のマークはくまだ。

きちんと自分のマークを覚えて識別できるようになってきたのかと思うと感慨深い。そういえば、家で寝る前に必ず読むことにしている読み聞かせの絵本でも、ブドウやテントウムシが出てくると、「○○ちゃんマークー!」と嬉《うれ》しそうに声に出していた。

他の子の分までマークを覚えているんだなぁと嬉しく思いを馳《は》せていたその時、ふいに「あ」と思い当たった。

前に、だまだまマークとかぐるぐるマークとか言う時には、「マーク」の概念自体がわかっていないのかも、と思っていたけれど、春歩は「マーク」というのがどういうものかわかっている。闇雲に言っているだけかもしれないけれど、少なくとも、言葉の響きがおもしろいから言っているだけではなくて、確実に、「マーク」が図形だということは理解しているはずだ。だとすれば、彼の中では、何か〝だまだまマーク〟に該当するものがあるのかもしれない。

「はるくん」

「なに、ママ」

帰り道、手を繋《つな》いでお寺の境内を抜けながら、先生が今日聞いていたみたいに「だまだまマーク、見えるの？」と聞いてみる。春歩はにたりと笑って答えた。

「みえないよぉ」

「本当？　じゃ、だまだまマークは何？」

「しらん、もーん」

言うなり笑って、私の手をふりほどき、大木の方まで走っていく。

知らない、と答えられた〝だまだまマーク〟だけど、謎ときのヒントは、ある時、あっさりともたらされた。

「ねえ、ぐるぐるマークの謎が解けたかも」

日曜日、ベランダで洗濯物を干す私の元に、子どもと遊んでいたはずの夫が、嬉しそうに目を輝かせてやってきた。「え？」と驚く私を「ちょっと来てみて」と呼ぶ。案内されたリビングで、うちの子は幼児教材用のＤＶＤを見ていた。春歩の大好きなキャラクターが出てくるもので、これまでせがまれて何度も見せていた。私が夕食の支度をする時、束の間、静かに見ていてくれるのでとても助かっている。

テレビの画面の中で、息子の好きなキャラクターが、歌とともに踊っている。息子も画面の前で、歌に合わせて手を大きく回し、体をツイストするように動かしている。踊るキャラクターの腕には車輪が二つ。車のアニメーションが背景を流れて、走っていく。

歌が聞こえていた。

くるま　くるま　くるくるくるくるまる
くるま　くるま　くるくるまままー

聞いた瞬間、理解した。

車の歌は、弾んだリズムのせいで間が詰まって、確かに「くるくるまーく」とか「ぐるぐるまーく」と濁っても聞こえる。

夫が言う。

「ぐるぐるマークじゃなくって、くるま、くるま、くるくる、とかいうこの歌のことだったんじゃない？　それを歌ってただけとか」

「確かにそうかもね」

春歩は、歌を歌う時もまだメロディーを口ずさむことがうまくできず、結果、ただ話していたり呟《つぶや》いていたりするように聞こえることもよくある。

私たちがそんなふうに感心している間も、春歩はノリノリでただDVDに合わせて踊っている。

「でもさ」

気になって、私は言った。

「ぐるぐるマークは、この車の歌からかもしれないけど、だまだまマークの方は相変わらずわかんないよね。そっちの方が私は気になるけど」

「それはオレもなんだよなぁ。何か意味はあるんだろうけど」

首を傾げる親たちの前で、DVDから流れる車の歌が終わる。別のコーナーに変わったテレビの画面を見て、春歩が残念そうにこっちを向き、「また、くるま、みたい」と訴えてくる。

春歩の〝だまだまマーク〟が何なのかはわからないままだったが、私は、しばらくするとそれもそれで別にいいか、と思うようになっていた。

わからない言葉を話している我が子はおもしろいし、実際、家にやってきた自分の友人などにその話をすると、「何それ、かわいい」ともてはやされる。

幼稚園では、数年に一度、この言葉を話す子が現れるんだ、という出来すぎた都市伝説のような例のエピソードまで披露すると、みんなさらに食いつきがよく、私は楽しんで〝だまだまマーク〟の話をしていた。

季節は秋になり、春歩は四月よりもさらに言葉が達者になった。〝だまだまマーク〟も〝ぐるぐるマーク〟も彼の中では一時夢中になっただけだったのか、この頃ではあまり聞かなくなっていた。

幼稚園では秋の運動会が行われた。

子どもの初めての運動会とあって、クラスの保護者はみんな、喜んでそれに参加した。

私も、園庭でいいポジションに陣取り、夫とともに春歩のがんばる姿を一生懸命カメラに録画した。あの小さかった子が、こんなふうにみんなといろんなことができるようになったのかと思うと、胸がいっぱいになる。それは、他のお母さんたちも同様の様子で、涙ぐむお母さんたちと手を取り合うようにして子どもらを見守る。

「楽しかったですね」

「本当に！」

運動会の閉会式を終え、他のお母さんたちと挨拶《あいさつ》を交わして別れる。

「せんせーい、ありがとう！」

春歩とともに幼稚園の先生たちにも手を振って、一緒に帰る。

するとその時、春歩のクラスの三田先生が呼ぶ声が聞こえた。

「おおーい。このくまさんのかわいい帽子は誰のだー？」

その声に、春歩がはっと足を止め、自分の頭をさわる。

三田先生を振り返ると、先生は春歩の方を見て笑いながら、くまさんマークと「はるほ」の名前が書かれた帽子を高く上にあげてくれていた。

「はるくん、ぼうし、ない！」

春歩があわてて言う。私は、「取っておいで」と促した。

走る春歩の後ろを、夫がゆっくりついていく。それを見て、私は彼らが戻ってくるまでの間、お寺の境内にある、あの大木の前で待つことにした。

大きな木だ。子どもがみんな親と帰る光景の中で、その幹にある大きな洞《うろ》の存在感が、今日は特に増して思える。真っ暗い空洞は、秋晴れの明るい陽射しの中で、そこだけ激しく浮き上がって見えた。

その時に、なぜ、自分がその洞を覗《のぞ》き込もうと思ったのかは、わからない。

春歩を待つ間、なんとなく、その洞の中に、顔を向けた。
すると――その時。

――だまって

という、声を聞いた。
え、と喉《のど》の奥からかすれた声が出そうになる。けれどそれよりも先に、洪水のような音の衝撃に見舞われる。それは正面から強い風を浴びたような、見えない空気に殴られたような、衝撃だった。

だまって
だまって　だまって　だまって　だまって　だまって　だまってだまって　だまって　だまって　だまって　だまって　だまってだまって　だまって　だまって　だまって　だまってだまってだまって　だまってだまって　だまってだまってだまってだまってだまってだまってだまってだまってだまってだまってだまってだまってだまってだまってだまってだまってだまって　だまってだまってだまっ

てだまってだまってだまってだまってだまってだまってだまってだまってだまってだまってだ
まってだまってだまってだまってだまってだまってだまってだまってだまってだまってだまっ
てだまってだまってだまってだまってだまってだまだまだまだまだまだまだま　だま
だまだまだまだまだまだま　だまだまだまだまだまだまだまだまだまだまだまだまだ
まだまだまだまだまだまだまだまだま　だまだまだまだまだまだまだまだまだまだま
だまだまだまだま…………だしてだしてだしてだしてだしてだしてだしてだしてだし
てだしてだしてだしてだしてだしてだしてだしてだしてだしてだしてだしてだして　だして
だしてだしてだしてだしてだしてだしてだしてだしてだしてだしてだしてだしてだし
てだしてだしてだしてだしてだしてだして　……だしてだしてだしてだしてだしてだ
してだしてだしてだしてだしてだしてだしてだしてだしてだしてだしてだしてだして
だしてだして　だしてだしてだしてだしてだしてだしてだしてだしてだしてだしてだ
してだしてだしてだしてだしてだしてだしてだしてだしてだして　……だしてだして
だしてだして　だしてだして　だして　だして　だして　だして　だして　だして
だして　だして　だして　だして　だして　だして　だして　だして
　だして　かわってかわってかわってかわってかわってかわって
　かわって

かわって

息が止まる。

水の中で強引に呼吸する自由を奪われたように、音の衝撃が私の顔を包み込む。

同じことを繰り返すその音、が、音ではなくて、言い方にムラがある〝声〟なのだ、と途中で気づいた。

最初は、疲れたような、女の声だ。生気が抜けたような。

だから、ただ音のように聞こえてしまう。だけどこれは、誰かの声だ。その声が、ただずっとずっと、同じ言葉を繰り返している。そしてふいにその声に、別のものが重なる。

今度は高い、女の子の声だ。

こちらは感情が浮かびすぎるほどに浮かんで伝わる、泣き声のような声だ。

だまって

――だして

声が、頭の中でゆっくりと、漢字に変換される。
そして、叫び出しそうになった。

黙って
――出して

そしてまた、女の子の声。
かわって
変わって？　と頭に思い浮かべた次の瞬間に、ぞっとした。違う。気づく。
変わって、じゃない。
かわって、は、代わって、だ。
黙って
――出して　代わって

いけない。

このままではいけない、と咄嗟《とっさ》に強く感じた。

あわてて、自分の頭を動かす。大木を覗き込んだ顔を、力任せに振る。声に包まれ、視界が濁る。何も目に入らなくなっていた。

真っ白い衝撃をくぐりぬけるようにして、顔を、懸命に、そらす。

気が付くと、全身にびっしょりと汗をかいていた。顔が熱い。背中のシャツが、冷たい汗で張りついている。

そばで、季節外れの、九月の蟬が鳴く、声がしていた。

私は境内の大木の前に立って、震えていた。

それは、一瞬のうちに見た白昼夢のような感覚だった。

周りでは、運動会から帰る親子連れが相変わらず和やかに歩いている。「先生、さようなら」という声が聞こえる。子どもが笑う、声も聞こえる。

今のは何だったのか、と私は、まだ自分の身を襲ったあれらの声の衝撃を理解できないでいた。大木を、おそるおそる、見る。

見ると、これまでは気が付かなかったが、大木の洞の脇、春歩の背くらいの場所に、小さな三角のマークがあった。カッターで傷つけたような、幹が削れて、むき出しになった場所がある。

その時、ふと、視線を感じた。

少し離れた場所で、春歩がじっと、私を見上げていた。

先生から返してもらった、くまさんマークの帽子をかぶった春歩が、大木の前に立つ私の姿を見つめ、そして、言った。

「だまだまマーク」

その顔が、無邪気に笑っている。

言葉を聞いて、ああ、と全身から力が抜けていく。

何年かに一度だけ、これを言い出す子がいるということは、きっと何か、波長のようなものがあって、それが合うということなのかもしれない。ならば、その親である私もまた、波長が合って見えたのかもしれない。聞こえたのかもしれない。

目線を上げると、青い屋根の家が見えた。住人が居つかないという、あの家だ。

理由はない。だけど、ほとんど直感のように、思った。

その家に昔住んでいたという子どもは、今、高校生でも、中学生でもないかもしれない。小学生にも、なれなかったのかも、しれない。

どうしよう、と思う。

だまだまマーク、と口にする息子を、ぎゅっと、強く強く、胸に抱きしめた。

胸がつぶれそうに痛かった。春歩、と呟《つぶや》いておもむろに息子を抱く私に、少し離れた場所から、夫が「どうしたの」と、のどかな声で話しかけてきた。

一

○ マルとバツ ×

まだ前の家に住んでいた頃、駅前にある二十四時間営業のスーパーに寄って帰るのが日課になっていた。国道沿いの、『ポロン』という店だった。

ある日、いつも通り会社帰りに店に寄ると、入り口の脇に女の子が一人座っていた。年は小学校に入る前くらいだろうか。白いトレーナーにチェックのスカートとハイソックスを穿《は》いている。腕時計を見ると、深夜零時を過ぎていた。親が中で買い物して待たせているのだろうか。女の子は俯《うつむ》いて、何かしている。

さすがに気になって声をかけた。

「お母さん待ってるの？」

女の子は黙って頷《うなず》いた。

ひどいな、と思って店内をちらりと見る。その日は朝から寒く、風邪気味で喉《のど》が痛かったので飴《あめ》を持っていた。ポケットに手を入れて、その飴を「あげるよ」と手渡した。女の子は顔をあげないまま、受け取った。

スーパーに入ったところで、おや、と思った。そう広くない店内には、客が自分ともう一人だけ。その一人はＯＬ風の若い女性で、とても外で待つあの子のような大きな子どもがいるようには見えなかった。

レジを打つ中年の女性を見て、ああ、ではこの従業員の子どもなのかと思い、会計の時に「お子さん、外で待ってます？」と尋ねる。彼女はきょとんとして「何のことですか？」と問い返してきた。

考えてみれば、確かにおかしな話だ。母親がここで働いているにしろ買い物しているにしろ、深夜なのだから、一緒に店内にいればいい。

外に出ると、女の子はもういなくなっていた。

スーパーの隣のビルは、一階が中古のゲームショップでこの時間はもうシャッターが下りており、二階はテレホンクラブの大きな看板がかかっている。そのテレクラも今はつぶれて、看板の色も煤《すす》けていた。

他に、女の子が行けそうな建物はない。

ふと気になって地面を見ると、女の子がいた場所には、白いチョークのようなもので、小さく、「○」が描かれていた。

次にその子に会った時もまた、深夜だった。

この時も時刻は零時を回っていた。仕事帰りに目を留めて、同じ子かもしれないと一歩近づいた時、やはり同じ子だと確信を持つ。そしてちょっとぞっとした。彼女は白いトレーナーにチェックのスカートとハイソックスという、この間とまったく同じ服を着ていた。

声をかけることが躊躇《ためら》われて、そそくさとスーパーに入る。今度も客の中に親らしい人物の姿はなかった。

買い物を終えて外に出ると、女の子の姿はもう消えていた。

それでもやはり気になって、彼女が座っていたはずの場所を見ると、そこにはこの間と同じチョークの線で、今度は大きく「×」と描かれていた。

それからすぐ、そのスーパーが閉店することになった。

名残惜しい気持ちで、日曜日に閉店セールに訪れると、ふと、店の前にある電柱に花束が手向けられているのに気づいた。

「ここで何かあったんですか」

顔見知りになっていた店員に聞くと、昔、前の道で交通事故があったのだと教えてくれた。亡くなったのは、小さな女の子だったという。

なんともいえない気持ちで、ではあの子は、と考える。

二回目の時、声をかければよかった。

「〇」ではなく、「×」と描かれたのを見たのが最後になってしまったことが、いたたまれなく思えた。

しかし、その時、ふと見えた光景に目を見開いた。

目の前のスーパーのドアが開き、白いトレーナーを着た女の子が、親らしき人物に連れられて出て来る。力なくだらりとした腕を、引っ張られるようにして。

その顔が、俯いていたあの子と、どことなく似ていた。

白いトレーナーは、薄汚れていた。

彼女の背中に昼間の太陽が差す。そこに白いチョークの線が無数に小さく「×」と浮かび上がるのが、確かに見えた。

ナマハゲと私

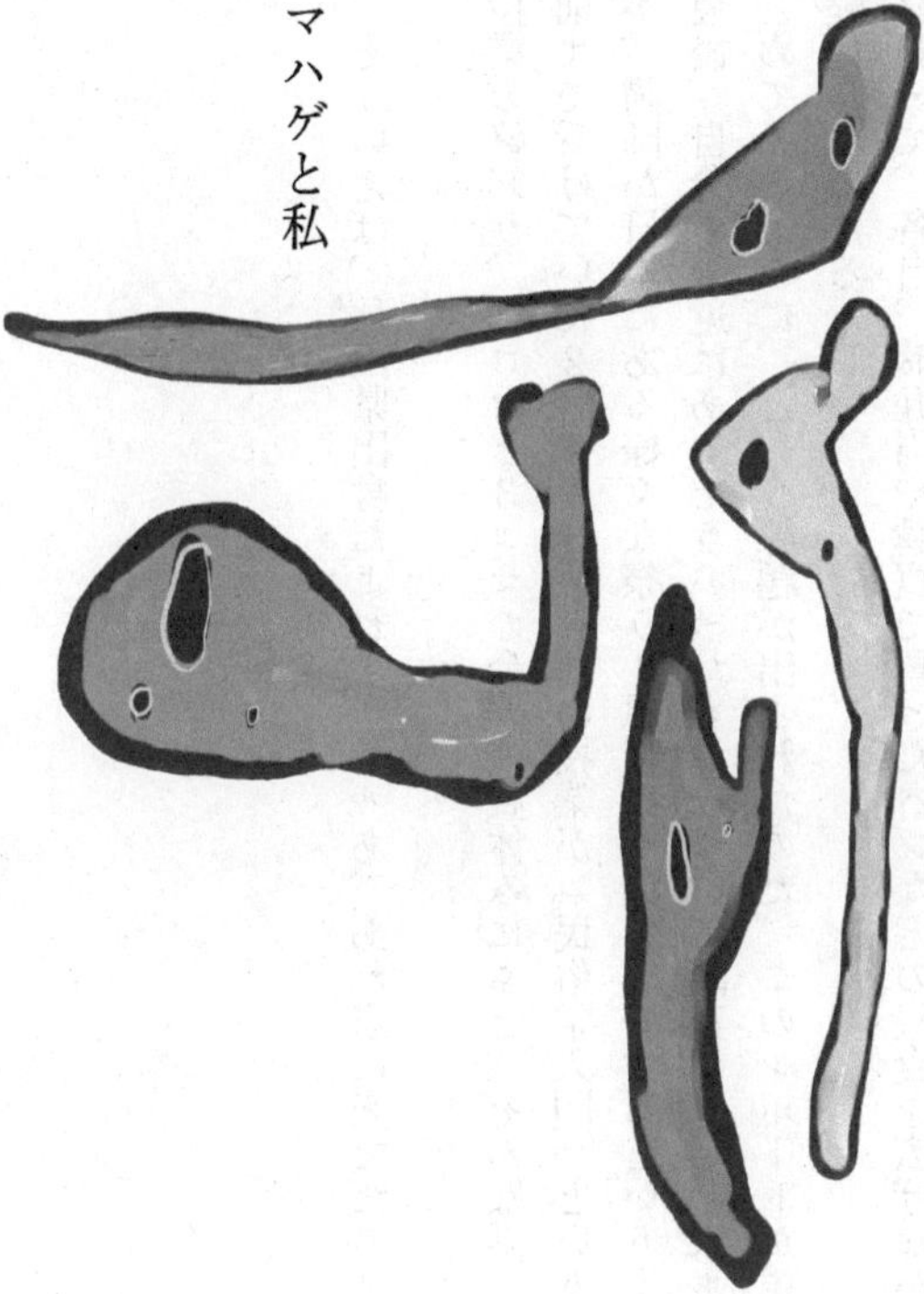

「美那子《みなこ》、そういえば、秋田《あきた》県出身だよね？　じゃあ、あれ家に来てたの？　ナマハゲ」

大学の授業の終わり、2コマと3コマの合間の昼休みにふと、そんな話になった。

その直前まで受けていた2コマの一般教養の授業が『民俗学入門』というもので、その内容が、講師が日本にある様々な祭りや風習について紹介するというものだった。

授業の最後、自分の身近にあるそういったものについて調査し、学期末までにレポートにまとめてくるように、という課題が出されたのだ。このレポートが単位を取るための試験代わりになるらしい。

授業が終わって、各自、お弁当や購買で買ったパンなどの昼食を広げながら、私の友人たちは皆、課題について、「うちは、転勤族だったからなぁ」とか「何も思いつかない」などと、さっきまで話していた。

授業では、確かに、インパクトのある祭りや行事が次々紹介されていた。

子どもが乗ったお神輿《みこし》をそのまま激しく横転させるお祭りや、数年に一度行われる、熱湯を浴びる奇祭。

　中には、紙袋をかぶった大人たちが子どもを攫《さら》って袋に閉じ込める祭りというのもあって、度胆《どぎも》を抜かれた。袋に入れられた子どもには、それから一年、健康でいられるというご利益があるのだそうだ。しかし、仮面《かめん》ライダーのショッカーさながらに怪しげな紙袋のマスクをかぶった大人たちに攫われるとあって、子どもは皆、凄《すさ》まじい勢いで泣く。普段は守ってくれるはずの親までが、進んで自分を彼らに捧《ささ》げて袋に入れてもらおうとするのだから、子どもにとってはパニック以外の何物でもないだろう。想像するだけですごい光景だ。

　講師は、「自分の住んでいた地域では何も思いつかないという人もいると思うけど、探せばきっと何か見つかるだろうし、案外、当たり前に見ていたものが、他の地域の人にとってみれば驚くような内容かもしれないので、探してみてください」と言っていた。

　そんな中、確かに、私の場合はまとめやすいかもしれない。

　秋田といえば、ナマハゲ。東京の大学に来ても、みんなやっぱり知ってるんだなぁ、有名なんだなぁと妙に感心しながら、私は「うん」と頷《うなず》いた。

「来てたよ」

「うっそ。マジで？　超怖くない？　あれ」

「よくテレビとかでも、子どもがぎゃんぎゃん泣いてるところとかやってるよね」

「まあ、子どもの頃は泣いたような気もするけど」

赤や青の鬼の面に、蓑《みの》。手には出刃包丁や鉈《なた》、桶《おけ》を持ち、決め台詞《ぜりふ》は「悪《わり》ぃ子《ご》はいねが｜」「泣《な》ぐ子《ご》はいねが｜」。大晦日《おおみそか》の夜に各家を回り、子どもを脅かす。悪を戒《いまし》めて、吉を呼ぶ、と言われている。

秋田県の中でも実際には一部の地域に限られる風習だが、私の実家がある地域では行われていた。

「子どもじゃなくても怖くない？　大人でも、あれは迫力あるよ」

「まぁ、でも、所詮《しょせん》、中味は町内会のおじさんたちだからさ」

「え、そうなの？」

「うん」

なるほど、これが講師の先生が言っていた「自分にとっては当たり前でも、他の人には驚き」ということか。私は妙に感心しながら続ける。

「町内会のおじさんとか、青年団の人たちが持ち回りで各家を回るんだよ。どこの家に子どもがいるとか調べて。だから、その時間にうっかり外に出ちゃうと、トラックの荷台にナマハゲが乗ってるとこに出くわしちゃう」

「え!」

友人たちがみんな、息を呑《の》む。たちまち「シュール!」という声が上がった。

「荷台? ナマハゲ、トラックの荷台で移動してるの?」

「うん。だって、蓑とかかさばるし、運転席に座ってシートベルトしてるのもそれはそれでシュールじゃない?」

「うっそ。荷台って人乗っていいんだっけ? 警察に怒られない?」

「うーん。今は厳しくなったかもしれないけど、私の小さい頃は黙認されてた気がするなぁ」

「つか、ナマハゲは人じゃないってことじゃない。貨物扱い」

貨物、ウケる、と別の一人が言って、また笑いが起こる。私は苦笑しながら続けた。

「まぁ、そうやって、一軒一軒の間を、ものすごーく鈍《のろ》いスピードで荷台に乗ったナマハゲが移動してくわけ。基本、二人一組だから、二人でヤンキー座りみたいに体屈《かが》めて座ってる。高校生くらいになると、夜道でトラックのナマハゲと目が合うと、なんか向こうも気まずそう。ナマハゲから、『あ、すいません』みたいな感じに会釈されちゃったりして」

「マジかー、会釈？　挨拶《あいさつ》とか声に出して言っちゃうの？」

「さすがに喋《しゃべ》りはしないけど」

想像するとおかしいのか、友人たちがみんな、きゃははは、と笑っている。マジウケる。ナマハゲ、喋れないんだ。

私はため息をついた。

「風習なんてそんなもんなんだよ。子どもの頃は怖がってたけど、小学校高学年くらいになると、その時期に近所のおじさんたちから『お、ミナちゃん。そろそろナマハゲ来る時期《じぎ》だがら気をつけねばな』なんて道で挨拶されて、それで、あ、ナマハゲ、この人なんだってわかっちゃう」

「お、美那子。お国言葉だ。かっこいい」

「えー。やめてよ」

つい出てしまった方言に気づいて少し恥ずかしい。あわてて言うと、別の子が訊《き》いた。

「そういう時って、なんて応《こた》えるの？」

「別に何も。『あ、そうですね。怖いです』とかなんとか。――当日もうちに来たけど、私とお姉ちゃんは二階で漫画読んだまま下りてかなかった。お母さんたちが、一階で『きゃー。怖い。美那子、あんたたち、ナマハゲ来たわよ。下りてきなさい』って呼んでも、あー、なんかやってるなーって感じ」

「怖がってあげなよ。現代っ子だなぁ」

「うーん。地元で当たり前のことになっちゃうと、やっぱだんだんそうなるんだよ。私の友達で一番すごい子の話だと、ナマハゲが来ても、家のリビングでテレビ見続けてたっていう子がいたよ。『うるさいなぁ、今ドラマ見てんの！』って言ってる横をナマハゲが、うがー、とか暴れてる状態。『ナマハゲ、静かにしてよ』って諭す勢い」

「えー、かわいそうなんだけど。ナマハゲ」

一人が言うと、他の子もうんうんと頷《うなず》いた。

「それさ、ナマハゲのためにも、もっと脅す対象年齢を下げてあげた方がいいよね。あと、〝うちは希望する〟〝しない〟みたいなのも、事前にもっとよく調査するとか。聞いてるだけで心折れる、それ」

「でもうちの地域は子どものいる家が中心だけど、別のところでは子どもがいるいないに関係なく全部の家に行くところもあるみたいだし、そこは地域にもよるのかな。あと、子どもだけじゃなくて、初嫁を探したり」

「初嫁？　何それ」

「その年に嫁いできたお嫁さん」

何それエロいー、とグループの中ではリーダー格の麻子《あさこ》ちゃんが楽しそうに笑う。

「ナマハゲ、ちょっとエロいんですけど」

「うーん。あと、何年か前に、どこかの旅館でナマハゲの格好した人が泥酔して女湯に乱入したっていう事件があって、その時にはナマハゲの暴れ方のガイドラインとかマニュアルを作ろうっていう話も出たみたい」

「何それ！　マニュアル！　オートマチック。それ、本当に作ったの？」

「さあ……。なんか、やっぱりマニュアルはやめて、伝統を大事にする方向でがんばろう、みたいなことになったって聞いた気がする」

「ふうん」

友人たちが皆、顔を見合わせる。

「なあんか、現実ってそんな感じなんだね。面白い。一度見てみたいな、つか、体験してみたい、本場のナマハゲ」

「そんないいもんじゃないけどね」

肩を竦《すく》めつつ、私も笑う。

すると、その時。

それまで、私たちの会話の中でただ一人、笑わず、黙っている友達がいることに気が付いた。荻沼《おぎぬま》さん、という子だ。麻子ちゃんの友達、という縁でこのグループの中にいるけれど、私とはそんなに親しくない。学校の外ではほとんど付き合いがない。

荻沼さんは、普段は優しく朗らかで、どちらかというとおとなしい女の子だった。

それまで黙っていたのに、彼女がその時になって初めて、おずおずと「あのさ」と口をきいた。

「私は怖いけどな、ナマハゲ」

「え？　荻沼さんもナマハゲ、見たことあるの？　出身、確か関西《かんさい》の方だよね？　親《しん》戚《せき》がいるとか？」

「ううん。そうじゃないけど」

荻沼さんが困ったように笑いながら、「だって」と、続ける。

「もし、ナマハゲをしてるのが町内会のおじさんだったとしても、だとしたらそっちの方が怖くない？　ふつうの、町では美那子ちゃんに気さくに話しかけてくるようなそのおじさんが、なんで、そんなことをしなきゃいけないんだろうって思ったら」

荻沼さんが、私の方を、「だってそうでしょ？」というように見る。

「お面をつけて、衣装を変えただけで、急にそれまでの人格がなくなっちゃったみたいに、奇声上げて子どもを襲うんだよ。知ってる人がやってる方が断然怖いよ。この人はなんでこんなことをしなきゃいけないんだろうって思う」

「それは……、確かに」

想像してみると、理不尽な話ではある。しかし、それが行事というものだし、伝統的にそう決まっているのだから仕方がないではないか。

出身でもない相手に、自分の郷土の話題に水を差されたように思って、少しだけ不機嫌になる。黙ってしまった私の前で、彼女がさらに言った。

「それと、美那子ちゃんと違って、実際に怖い思いをしたっていうことはないんだけど、私、昔から、ナマハゲのアグレッシブさがちょっと苦手で」

「アグレッシブさ？」

わざわざ他人の家に来て暴れようというのだから、確かにアグレッシブには違いない。そのうえ、うるさいし……と思っていると、荻沼さんからこう聞かれた。

「ナマハゲの持ってるあの桶《おけ》、何するものか知ってる？」

「え。……知らない」

片手に出刃包丁か鉈《なた》、もう片手には桶。

当たり前のスタイルすぎて、特にこれまで疑問にも思わなかった。出身だけど、そういうものだから、という理解しかない。

荻沼さんが言った。

「あれ、首桶」

場がしん、と静まり返る。荻沼さんの声だけが続いた。

「悪い子を見つけたら、その子の首を切って入れる桶なんだって。それ聞いて昔から、観光のポスターなんかにナマハゲが写ってるの見るたびに怖かった。こんな和やかな駅とかにかざってていいのかなって思ってたよ。ね、そっちの方がよっぽどシュールじゃない？」


季節は移り、ナマハゲの季節になった。

大学も冬休みに入り、私も帰省の日程が近づいていた。

そんな折、友達の何人かから「美那子の実家に行きたい」という申し出を受けた。例の『民俗学入門』の課題レポートの題材が決まらないという数人が、私の故郷でナマハゲを取材したい、と言い出したのだ。

「前に話してたでしょ？　本場でナマハゲが見たい。美那子の実家についてっちゃダメ？」

一人が言うと、たちまち他の子たちも「いいねー。きりたんぽ鍋《なべ》とか食べながら？」と笑う。みんな、秋田に対して持っているイメージが驚くほど貧困だ、と反発も覚えそうになるけれど、おそらく私も、他の県に対しては似たり寄ったりの知識しかないから黙っておく。

そういえば、もてなし好きな私の母から、ぜひ一度、大学でできた友達を連れて帰省しろ、と言われていた。

軽い気持ちで実家に電話をすると、母は大喜びだった。もともと、遠い場所で大学生活を送る私を心配していた母は、私の大学での様子を彼女たちから聞きたい気持ちもあるのだろう。

連れていくメンバーは、グループリーダー格の麻子ちゃんを含めて三人。

いつもグループにいる荻沼さんにも声をかけたけど、彼女からは断られた。強硬に、という様子ではなく、迷ったけど気乗りしない、という感じだった。

「ナマハゲ、見てみたい気もするけど、ちょっとね」と言って、「誘ってくれたのにごめんね」と謝っていた。

恐怖とか嫌悪は、興味があるという点においては、好きという感情とも紙一重だ。

言葉通り、本当に行きたいという気持ちもあったのだろうけど、私も「じゃあ、気が変わったら言ってね」という程度にとどめて、それ以上しつこくは誘わなかった。

「みんな、よく来たね。いらっしゃい」

駅で私たちを出迎えた母は、家までの車中、上機嫌だった。

「今年は仕事《しごと》の関係でこの子のお姉ちゃんが帰ってこれながったがら、にぎやがになって嬉《うれ》しな」

「お母さん、ナマハゲ、手配しといてくれた？　町内会役員の家に電話した？」

「したした」

ハンドルを握りながら、母が助手席の私に向けて笑う。

子どもも初嫁もいない我が家は、私が大学に行ってしまってからのここ数年は、町内会のナマハゲも寄らなくなっていたらしい。

「手配って、笑える」

「楽しみです！」

後部座席の友人たちから、そんなふうにはしゃいだ声が上がる。

ナマハゲがやってくるのは、例年、夕食後の八時すぎあたり。

その年の大晦日《おおみそか》、紅白《こうはく》歌合戦には、私の好きなアイドルグループが出ることになっていた。母の作った夕食を食べ（麻子ちゃんたちのリクエスト通りのきりたんぽ鍋）、私は、ナマハゲを待ち侘《わ》びる友人たちを横目に「二階で紅白の続き見てるから、勝手にやってて」とリビングを去る。

「えぇー、なんで？　美那子も一緒にナマハゲに会おうよ」

友人たちの声に、「嫌だよ。うるさくされたらテレビの音、聞こえないもん」と答えて階段をのぼる。

テレビを見たかったのは本当だけど、本音を言えば照れくさかった。

自分が小さい頃から親しんできた行事を、何も知らない友人たちに見られるなんて恥ずかしい。その前で、どんなふうに自分がふるまっていればいいかわからない。やってきたナマハゲにだってどう接していいかわからない。――正直にそう言ったら、きっと、また「ナマハゲに〝接する〟とかウケる」とバカにされてしまうのだろうけど。

「あらー、美那子ってば。せっかくお友達《ともだち》が来てるのに。みんな、ごめんなさいね」

母が友人たちにそう言っているのが聞こえる。酒が入ってほろ酔いの父も、そのお酌をする友人たちもすっかり打ち解けて「いえいえ、お構いなくー」と朗らかな声で応《こた》えている。

ナマハゲが来た、というのはすぐにわかった。

二階にいる私のところにまで、ウガー、悪ぃ子はいねがー、という声が届いてくる。おなかの底から、地響きのように低く凄《すご》んだ声が脅すのを聞いて、友人たちから悲鳴が上がる。きゃー、やめてー。子どもが大きくなってからは、来るのがひさしぶりだったせいか、父と母までがあわてふためく声が聞こえた。

盛大に暴れているのか、テーブルがひっくり返る音や、コップやビール瓶などがぶつかる、ガラスの割れるような音まで聞こえる。

私は二階で、紅白の出場歌手を見ながら、「やってるやってる」とその音を聞いていた。

ナマハゲが想像以上に怖かったらしい友人たちの悲鳴にはおよそ余裕というものが感じられなかった。私はそれがちょっと嬉《うれ》しかった。

美那子、と私の名前を呼ぶ声が何回も交ざる。

私は、それに「はいはーい」と口だけは応えながら、テレビの音がもっとよく聞こえるようにヘッドフォンを耳にあてる。好きな歌手の出番が近づいていた。

美那子、美那子ぉぉ。きゃー、美那子。

その声を聞きながら、私は、ほら、怖いでしょ、と思う。ナマハゲ話をずっとバカにしたように聞いていた友人たちに復讐《ふくしゅう》を果たせたような気持ちだった。

ナマハゲがみんなに笑って話されるのは、きっと、名前の響きに「ハゲ」って入っているからだ。だから、なんだかバカにしていいような気になってしまう。だけど、あの呼び方だって、諸説あるらしいけど、もともとは「禿《はげ》」ではなくて、「剝《は》げ」からきている。

雪国の秋田では、昔、囲炉裏にあたっていると、「ナモミ」や「アマ」とよばれる低温火傷《やけど》ができることがよくあった。それを剝いで怠け心を戒め、また新年を迎えるにあたって祝福を与えるという意味の「ナモミ剝ぎ」がなまって、「ナマハゲ」になったと言われている。ナマハゲは無病息災・田畑の実り・山の幸・海の幸をもたらす来訪神だ。だからナマハゲを迎える家は昔から料理や酒を用意して彼らをもてなす。首桶《くびおけ》もそうだけど、――本当は、おっがねんだがら。

私の好きな歌手の出番が終わり、ヘッドフォンを耳からはずす。

すると、電話が鳴っていることに気づいた。携帯電話ではなく、旧式の家電《いえでん》がトゥルルルル、トゥルルルル、と鳴っている。

あたりは、その音以外、さっきまでの大暴れの音が嘘のように静かだった。

「お母さん、電話ー」

呼んだけれど、返事はない。

私は怪訝《けげん》に思いながらも、ベルの音に急《せ》かされて、電話を取った。

「はい、本田《ほんだ》ですが」

『もしもし、本田さんだすが。いやー、すいません。私《わだし》、町内会の土井《どい》だども』

「あ、はい」

うちの近所のおじさんだ。

ひょっとして、私の声を母と勘違いしたのかもしれない。そのまま、続けた。

『すまねがったすな。今日、頼まれでだのに、忘れてしまって』

「へ？」

『公民館さ戻ってきてがら、あ、今年はわざわざ電話もらったのに本田さんのお家《うぢ》さ行ってねがったって気づいで。今がら行ぎますけども、それでいすべが。すまねがったすな、皆さん待っててくださったんだすべ？』

私は、ごくり、と唾《つば》を飲む。

返事をしないまま、電話ごしの声以外、何も聞こえない家の中に、改めて耳をそばだてる。今は何も、聞こえない。

さっきまで、聞こえていた声を、思い出す。

きゃー、という、悲鳴。

大暴れの、何かが倒れ、割れる音。

美那子、と私を呼ぶ声は、何かを言いかけていた。ヘッドフォンをあてる寸前、それが聞こえていた気がする。

友人たちの声。

美那子、助けて。

両親の声。

――美那子。

思い出す。お母さんは、確かにこう言った。

美那子、逃げれ。

『すまねすな、今がら行ぎますから』

電話が切れる。

受話器を持ったままの私の背後で、その時、階段が、みし、と鳴った。

古い木の階段が、重みにつぶれるような音を立てて、みしみしみし、と鳴る音が、だんだん速くなって、近づいてくる。

私は、振り向き、首を……

タイムリミット

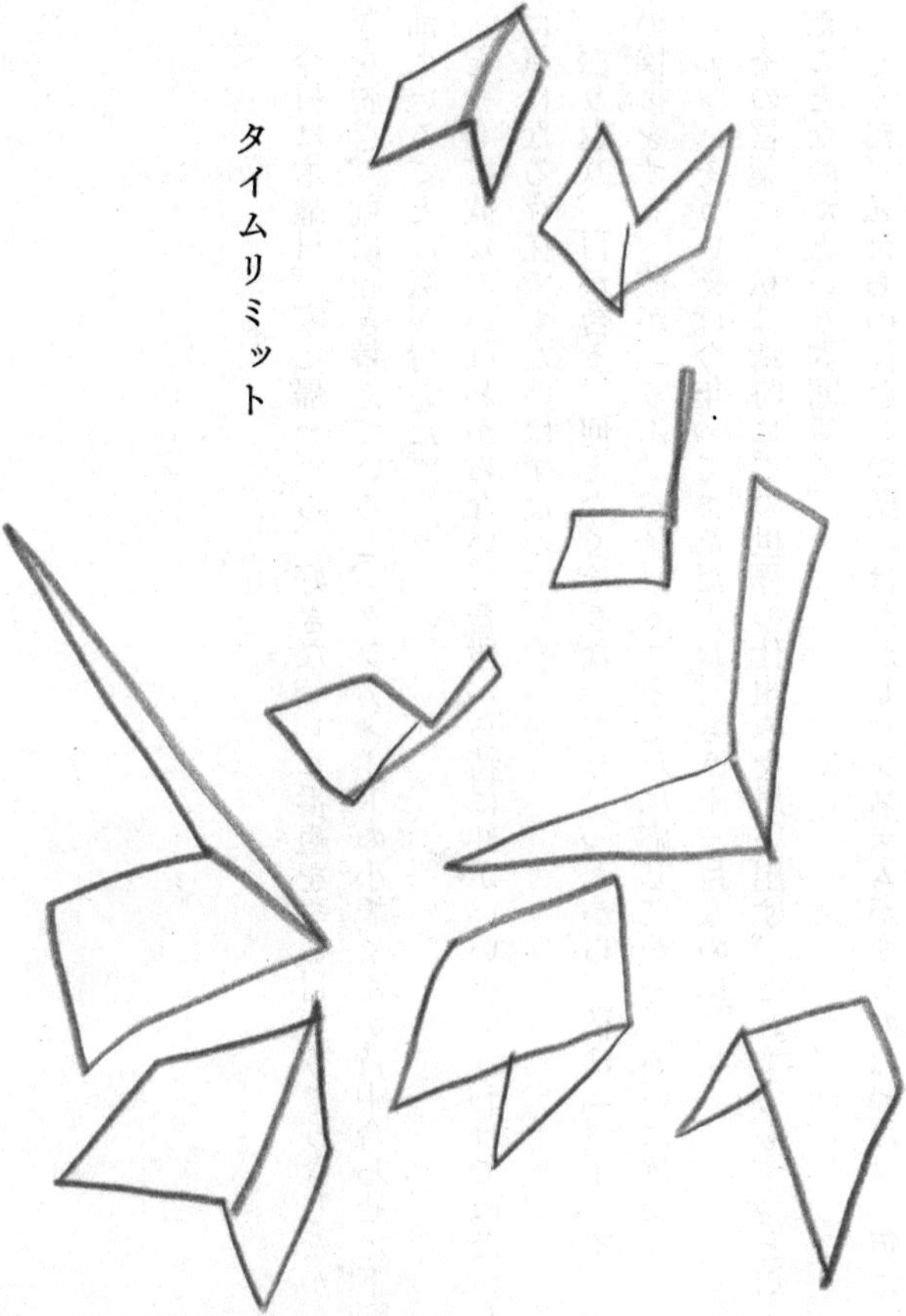

今日は木曜日。家に帰ったら、好きなテレビ番組をやる日。うきうきしながら上履きを脱ぎ、靴に履き替えていると、クラスメートの小嶋《こじま》くんが背中合わせに下駄《げた》箱の前にいることに気が付いた。

どうして彼なのかはわからない。普段から特に仲がいいというわけではないし、特に気になる存在でもないはずなのに。

振り返り、目が合う。何となくそうなってしまったから、私は「バイバイ」と別れの挨拶《あいさつ》をする。彼が「うん。バイバイ」とそれに応じてから、ふいに言った。

「ねぇ、そういえば今年ってまだだよね。もう十一月なのに」

その言葉に、私は瞬時にこの世界の仕組みを思い出す。それまでもずっと知っていたことなのだという雰囲気で。

そうだ。私たちの住むこの県にはおかしなシステムがあるのだった。一年に一度、ここでは残酷な隠れんぼゲームが行われる。

学校、図書館、デパート、レストラン、ホテル。どこがその場所になるのか、またいつそれが起こるのかはまったくわからない。ただ、ある時急に、建物内にチャイムが鳴り響き、ゲームの開始が告げられる。ドアや窓が遮断され、舞台となるその建物は完全に外部から孤立する。その場に居合わせた人々は、否応《いやおう》なしにゲームに参加させられる。

ルール自体は至ってシンプル。チャイムが鳴った一時間後、銃を持った『敵』が建物の中に突入してくる。彼らは中に居合わせたゲームの対象者たちを見つけると、次々に殺して回る。そうすることが許されている。

これはこの県にだけある、何とも不公平なシステムだった。全国的にも有名。

小嶋くんが言っているのはこのゲームのことだ。「そういえばそうだね」思い出しながら頷《うなず》く。

「そういえば、そういう時の開始のチャイムってどんな風なんだっけ。普通の鳴り方とはちょっと違うんだよね」

「たしか、@※＊#……みたいな鳴り方らしいよ。俺の友達、隣町の図書館でそれに当たってるから」

「そうなんだ」

彼の発音したチャイム音を頭に焼きつけながら、私は、これに巻き込まれた彼の友達は無事だったのだろうか、どうだろうか、と考える。

靴を履き、彼に背中を向けて「じゃあね」と玄関のドアに向き直る。その時、あ、そういえば、と私は足を止めた。数学の予習をするのに、教科書を教室の机の中に忘れたことを思い出す。宿題と違って、予習はやってもやらなくてもどっちでもいいレベルの事柄だ。だけど、一瞬迷う。やっぱり取りに帰ろうと、後ろを向いたその時だった。

ガシャーン!!

物凄《ものすご》い音を聞いて背後を振り返ると、玄関のガラス戸にシャッターが下りていた。

「あ」と思わず声に出し、それから下駄箱の方を見る。小嶋くんはまだ、そこにいた。

頭上に、普段のものよりずっと大きな音で、チャイムが鳴り響く。さっき彼が発音したものを、より具現化したような、ホンモノの音色で。

『@※*#……』

私と彼とは物も言えずにただ、見つめ合っていた。彼が顔を上に向け、それから妙に落ち着き払った声で言った。

「今日、だったんだね」

校舎の中は、一気に暗くなった。窓が同じようにシャッターで覆われ、光を遮断されたためだろう。代わりに蛍光灯がついていく。昼の明るさが一気に夜の世界へと変貌《へんぼう》していく。

私は走った。どうして外に出る足を一瞬止めてしまったのだろう、と凄《すさ》まじい後悔に身を焼かれながら、一年生の教室まで走った。同じこの学校に、妹が通っているのだ。彼女の教室まで、懸命に走る。

「サエコ！」

名前を呼びながら中を覗《のぞ》きこむと、混乱する一年生の中に、妹の姿はなかった。おっとりしていて、気の優しい、私とはあまり似ていない妹。年より幼い印象で、そのせいか、母もまだ妹からは子離れできていない。我が家は、サエコを中心に回っている。

妹の席には鞄《かばん》が置かれていなかった。掃除のために残っていたのか、モップを抱えた女子がパニックを起こして泣いている。

リアルに、恐怖が襲ってきた。その凄まじさは、事実を実感する私の感覚を逆に鈍くしていく。認めるしかない。私はあと一時間後、校舎に入ってくる『敵』によって殺される。隠れて逃げて、できるだけのことをするつもりだけど、きっと助からない。

私の人生は、今日ここまでだ。

妹は、もう家に帰ったのだ。良かった。安堵感《あんどかん》に膝《ひざ》から力が抜けていく。確認し、再び走り出そうとした私の耳が信じられない声を聞いたのは次の瞬間だった。

「お姉ちゃん！」

目を見開き、おそるおそる、声の方向を振り返る。廊下の向こう側から、サエコが泣きながら走ってくる。

「どうしよう、どうしよう、お姉ちゃん」

「なんで帰ってなかったの！」

私は反射的に金切り声のような悲鳴をあげて彼女を怒鳴った。理不尽だけど、怒りが湧いてきた。どうして愚図愚図していたのか。何で帰らなかったのか。娘が二人ともここで死んでしまうなんて、私の父と母は、おじいちゃんはどんな気持ちがするだろう。自分のことを棚に上げて、私は妹を罵《ののし》った。帰るべきだったのに、駄目じゃないか。死んじゃうじゃないか。

「ごめん、ごめん。お姉ちゃん」

自分が悪いわけではないのに、泣きながら謝る妹。胸がしめつけられるように痛み、私は彼女の手をとって走り出す。

一つだけ、心当たりの場所がある。前に一度、もしこのゲームがこの場所で始まるとしたら、とぼんやり空想して考えついていた隠れ場所。現実感の薄い想像力を働かせて考えていた場所。

運動部の使う更衣室の横には、簡易シャワー室とユニフォームを洗うための大きな洗濯機が並んでいる。人間が一人、収まることのできそうな洗濯機。この中なら、助かるかもしれない。私はそこに、妹を押し込む。

「お姉ちゃん」

か細い声で彼女が言った。その蓋《ふた》を閉じる一瞬に、私の手や指がぶるぶると震え出す。「ここから動かないで」そう命じながら、恐怖に身体が凍りつきそうだった。

ここに、サエコを隠していいものだろうか。もし、一時間後、『敵』が入ってきて、私がどこかに隠れている時に、この洗濯機の方向から銃声がしたら？　別の場所でそれを聞いた私は、きっとどうにかなってしまう。

それは、妹が死んだらどうしよう、ということではなく、自分がそこに隠したことでそれが起こったら、ということに対する恐怖だ。私はその責任に耐えられる自信がない。思うと、気がおかしくなりそうだった。

洗濯機の透明なガラスの内蓋越し、サエコの泣き顔が私を見ている。一緒にいたいけど、無理なのだ。私は唇を噛《か》みしめ、ひっきりなしにこみ上げる葛藤《かっとう》の念を殺して洗濯機の蓋を閉じた。

放課後の学校を襲ったパニックは、収まる気配がまるでない。さっさと帰ったクラスメートたちを羨《うらや》む気持ち、そうしなかった自分の非を嘆く気持ち。それらにぐらぐらと揺り動かされながら、私は隠れる場所を探して、廊下を、教室を、走り回る。

そうしながら、今ならいいだろうか、と考えた。途中から、彼のことで頭がいっぱいになる。

隣町の私立に通う彼。一年ぐらい付き合って、半年前に別れた私の元彼氏。別れてからも、何回か電話がかかってきていた。「別れてるけど、お互い、せっかく仲良くなったんだから、また会おうよ」「今度、オレのバンドのライブがあるんだけど、来なよ」チケットがなかなか捌《さば》けなくて、だから私のところに連絡してきているだけかもしれない。だけど、私はその度、見苦しくも嬉《うれ》しく、けれど「うん、会いたいね」とか「ライブ、行きたいんだけど都合が」とか、誤魔化してきた。

私は彼がまだ好きだった。未練がましいけど、そうだった。だけど、やり直したい気持ちなんて欠片《かけら》もないふりをしながら、見栄《みえ》を張って、はぐらかし、会えずにいた。

私からは、電話をかけられないほどなのに、彼は平然と私に電話ができる。私のことをもう好きじゃない。それを思うと寂しくて、悲しくて、自分からはますます連絡が取れなくなった。

だけど、あと数時間後には、私は死んでしまう。今ならいいだろうか。

逃げるために走る廊下の窓。下りたシャッターの間から迷彩服を着て、銃を肩に担いだ『敵』の姿が見えた。中に入るタイミングを今か今かと待っている。

ああ、私は本当に死ぬのだ。

隠れる場所なんて、もうどうにも思いつかない。

走ろう。とにかく、上に向けて。屋上まで行けば、ひょっとしたら、外に続く鍵《かぎ》が開いているかもしれない。

階段を駆け上がりながら、制服のポケットからスマホを取り出す。封印してきた電話番号を押す。息がつまった。

呼び出し音が鳴る。目を閉じると涙が滲《にじ》んでくる。こんな風に自分が死ぬという時にならなければ、私は自分の気持ちに素直になれないのか。思うと、妙に呆《あき》れて、情けない顔で笑ってしまいそうになる。

彼は出なかった。私は留守番電話にメッセージを残す。

「まだ、好きでした。別れてからもずっと。やり直したかった。私のことは、ニュースで見てね」

電源を切って、再びポケットにスマホをしまいこむ。

そろそろ、チャイムが鳴って一時間が経つ。校舎は、妙に静まり返っていた。隠れんぼの時、鬼が動き出すその前に、「もう、いーよ」と答えてから妙に静かになる、あの感じ。

ゲームの開始を告げるさっきのチャイムと同じ音量で、校内に放送が入る。少し舌足らずな男の声が、鈍く空気を震わせる。

『えー、今から、校舎の中に入ります。カウントダウンをします。十秒前……、九、八、七、六……』

それを聞きながら、涙を拭《ぬぐ》い、前を向く。足をひたすら、前に前に出す。屋上を目指して。

『五、四』

静かな階段に、私の足音だけが響いていた。

『三』

屋上のドアが見えてきた。

『二』

そこが開いているかどうかはわからない。だけど、走る。

私の手が屋上のドアにかかる。放送が告げる。

『一！』

噂地図

「噂地図を作ってみたらどう?」

放課後の教室で、野乃花《ののか》に言うと、彼女が微《かす》かに驚いたように見えた。私は続ける。

「小学校の頃に、うちの小学校で流行《はや》ったじゃない。あれを、もう一度、今度はその噂で作ってみたら? わかることには限界があるかもしれないけど、できる範囲で噂の元を追ってみる」

「──昔、口裂け女や、ムラサキカガミでやったみたいに?」

野乃花がやっと理解したように口にする。私は「うん」と頷《うなず》いた。

噂地図のことは、野乃花も覚えているはずだ。

小学校時代、野乃花を含めたグループ何人かで一緒に作った。

あの頃は小学生だったけれど、今、私たちは高校生だ。高二にもなってあんなものに真剣に取り組む、というのは確かに違和感があるだろう。私は言い方が悪かったかもしれない、と言い直す。

「あの頃は小学生だったから、そういう都市伝説みたいなもので作ったけど、噂地図って、もともとはこういうガチの噂話について調べるのに向いてるものだと思わない？」

私は、野乃花の横でさっきから黙ったまま私をじっと見ている山口《やまぐち》さんを見た。すらっと背が高く、さらさらの長い髪が美しい二組の山口晶子《あきこ》は学年一の美人として有名だった。大人っぽく、切れ長の瞳《ひとみ》と長い手足が印象的で、女子から見ても、きれいな人だ。私は話すのはほとんど初めてだったけれど、違うクラスから遠目に見ながら、とても自分と同じ年の女子だなんて思えないな、と思っていた。

——そして、山口さんは気が強いことでも有名だ。

その山口さんの瞳が涙で微かに濡《ぬ》れている。思いつめた顔で、彼女から「お願い」と言われたのは、ついさっきのことだ。

この顔であんなふうに頼まれたら、断れないと感じる。

心臓が、嫌な予感にドクドク音を立てていて、どうか、彼女にそれが悟られませんように、と祈る。

小学校五年生の時だった。

私や野乃花が通っていた小学校で、「噂地図」というのがブームになった。

私は、クラスの中心人物で女子のリーダー格だった多佳子《たかこ》ちゃんから聞いた。私も野乃花も、彼女のグループに一緒にいた。

「ねえねえ。〝噂の最初〟はどこから来るか知ってる？」

そんなふうに思わせぶりな聞き方をされた。

「噂の最初？」

尋ねる私たちに、多佳子ちゃんは、自分もまた誰かの受け売りであろう話を胸を張って聞かせてくれる。

「噂ってさ、誰が言い出したかわからないから〝噂〟って言うけど、でも、それだって絶対に最初に口にした人がいるはずでしょ？　じゃなきゃおかしいもん。その噂の元を真剣に探してみたらどうなるかなって、考えたことない？」

おもしろそうでしょ、と言わんばかりに多佳子ちゃんが私たちの顔を覗《のぞ》き込む。

私と野乃花は、他の子と一緒になって顔を見合わせた。

「大人の中にはね、大学とかで大真面目にそういう噂の元を探したり、研究してる人たちだっているらしいよ。民間伝承とか、民俗学とかって形で」

多佳子ちゃんも、内容をちゃんと理解して言っていたわけではないだろう。彼女の言う民間伝承も民俗学も、まるで聞きかじったカタカナを「ミンカンデンショウ」「ミンゾクガク」と、しゃべっているような響きがあった。

「そんなの、ちゃんと探せるの？」

「探せるよ。私たちにだって探せる。その噂を聞いた人に、誰から聞いたの、って順に聞いていけば、最初の一人がわかるはずなの」

確かに話の上では可能なことのように思える。私はだんだんと多佳子ちゃんの話に興味を惹《ひ》かれていた。

「そうやって噂の元を辿《たど》っていって、それを図にしたものを『噂地図』って言うんだって。六年生たちの間で流行ってるらしいよ。お兄ちゃんに聞いたけど」

「へえ。じゃ、六年生たちは実際にそれ作ってるの？」

野乃花が聞いた。多佳子ちゃんは一つ上の六年生のお兄ちゃんがいる。多佳子ちゃんが頷いた。

「うん。たとえば、今年の夏にキューピット様が流行ったでしょ？」

「うん」

白い紙に、五十音や数字、「はい」や「いいえ」の文字を書いて中央にシャーペンを置き、二人でそれを握る。「キューピット様、キューピット様、おいでください」

と話しかけると、「キューピット様」が現れて、シャーペンを動かし、知りたい恋の悩みに答えてくれる。

クラスの男子の好きな相手の名前が知りたくて、このメンバーでも何回かやった。やるのは偶数の人数じゃなきゃダメだ、とか、いや、奇数でもよくて、逆に偶数だと呪われるんだ、とかいろんな細かいルールがあって、最後の方はみんなそういうのに疲れてやらなくなってしまった。

放課後の教室で、一度、先生に見つかって、「あなたたち、こっくりさんなんかしてるの！」と言われたことがあって、「こっくりさんじゃなくてキューピット様なんです」と多佳子ちゃんが答えた。こっくりさんは、やると呪われると言われているらしいけど、キューピット様は安全な恋愛の神様を呼び出すんだ、と説明する。ちゃんと話したのに、先生はわかってくれなくて、翌日の朝の会で「キューピット様やこっくりさんの遊びはやめましょう」とみんなの前で注意された。

学校の先生たちが大真面目に「キューピット様」とか言うのがなんだか不思議で、本当にこんなことあるんだ、とおもしろかった。キューピット様のことは、職員会議でも問題になった、と聞いて、笑ってしまう。

六年生でも五年生でも、おそらくはその下の学年でも流行していたキューピット様だけど、そういえば、誰が最初に始めたのかは知らない。

「あれね、うちのお兄ちゃんたちが調べたの。噂地図を作って、うちの学校で誰が最初に『キューピット様』を知ってたのか、確かめた」

「わかったの？」

「うん」

多佳子ちゃんが真面目な顔をして頷いた。

「最初に『キューピット様』の話を始めたのは、六年三組の長谷川真子《はせがわまこ》ちゃん。――長谷川さんが『キューピット様大百科』っていう本を持ってて、それに載ってるやり方を参考にしてやったみたい。その証拠に、私たちの学年でやってたキューピット様の文字盤も、本に載ってたのと同じだった」

「そうなんだ！　人数については？」

偶数でやるのがいいか、奇数がいいか、というルールについてだ。多佳子ちゃんが首を振る。

「それは、その本の中には書いてなかったって。で、お兄ちゃんたちのグループは、そのことも気になったから、そういうルールを聞いたことがある？　っていう噂地図も別に作ったの」

「すごい！」

六年生たち本気だ、と思ったら、思わず声が出た。多佳子ちゃんが自慢げに言う。

「そしたらね、キューピット様は、六年生から五年生へ、そこから四年生にって伝わっていったんだけど、五年生が四年二組の二ノ宮《にのみや》美樹《みき》ちゃんのところで話した後から、急に人数のルールについても言われ始めたみたいなの。で、それが、図書委員の四年生の間から六年生の方に逆輸入されて、人数のルールが六年生から、また五年生へ」

「へええ……」

「だから、つまり、そのルールはデマだったわけ。もともとないルールが四年生で勝手に作られちゃった」

お兄ちゃんが使った言葉なのかもしれないけれど、「逆輸入」という言葉で状況を説明する多佳子ちゃんがなんだか妙にかっこよかった。

「口裂け女とかの噂話って、あるじゃない？　都市伝説って言うらしいんだけど」

「うん」

私たちの周りでは直接はあまり聞かないけど、存在は知っている。多佳子ちゃんが続ける。

「ああいうのも、調べてくと、噂の元がちゃんとわかってくるんだって。口裂け女は、ちょうど、都会で子どもたちが塾に通うようになった時期に、帰りが遅くなる子たちの間で広まった。帰り道に、もしマスク姿の女の人が立ってて、『私、きれい？』って聞いてきたら怖いもんね。そういう恐怖の気持ちが噂話になったんじゃないかって言われてるって」

「へえ。すごい。全部にちゃんと理由があるんだ！」

「うん。だって、どんな話だって最初に言い出した人が絶対どこかにいるはずだもん。──ねえ、私たちも作ってみない？」

多佳子ちゃんが言う。

「噂地図。六年生たちみたいに作ってみようよ」

「おもしろそう」

日常生活に急に張りが出た気がして、私たちはみんな微《かす》かに興奮していた。その時に、多佳子ちゃんが「あ、ただし──」と、急に改まった口調になる。

これまでで一番真剣な表情で「これだけは気をつけて」と続けた。

「噂地図を作る時には、絶対に正確に作ること。一度作り始めたら、途中でやめないこと。──これだけは、何があっても守って。でないと、作った本人にひどいことが起こる」

「ひどいことって？」

野乃花が尋ねる。多佳子ちゃんも、そこまでは知らないらしかった。

「わからない。ただ、すごく嫌なことが起こるんだと思う。呪われるとか」

そう、答えた。

――あれから、何年も経ってから、私はふと、当時のことを回想して、思う。

夢中になって、私たちはあれから、噂地図をいくつか作った。そのほとんどがキューピット様やトイレの花子さんのような都市伝説についてだったから、多佳子ちゃんの話した『呪われる』という言葉がやけにしっくり来て、その恐怖に急《せ》かされるようにして噂地図を作った。怖いならやめればいいのに、と今なら思うけど、あの頃は、みんな、日常生活に急に舞い込んできた非日常めいた娯楽に夢中だったのだ。それこそ、おかしな熱に浮かされたように。

噂地図は、実際は、多佳子ちゃんの兄が作ったようなきれいな展開のものは、ほとんど作れなかった。辿れるところまで辿ったからもういいよね、というような雰囲気になって、「一度作り始めたら、途中でやめないこと」という例のルールも守れているのか守れていないのか、わからないくらいだった。だけど、誰もそれで呪われた、ないと死ぬ、というものだ。というこどもなかった。

唯一それっぽく作れたのは、「ムラサキカガミ」くらいだろうか。

私たちの学校で囁《ささや》かれていた「ムラサキカガミ」は、二十歳までにその言葉を忘れないと死ぬ、というものだ。

最初に聞いた時は怖くて怖くてたまらなくて、そんなことを教えてきたクラスメートの男子を恨んだりもした。どうして聞いてしまったんだろう、知らなければよかったのに、と怖くて眠れなくなったこともあるし、けれど、二十歳という未来は小学生だった私には遠くて、自分が到達する日のことがまだ想像できず、それでほっとするようなことの繰り返しだった。せっかく忘れたと思っているのに、ふとした弾みでお調子者の男子が廊下を「ムラサキカガミ――!!」と絶叫して通り抜けたこともある。

どうしてその言葉が禁忌なのか、由来も、理由もわからない。紫色の手鏡を持った女の子が二十歳を前に交通事故で死んでしまった呪いなのだ、とか、いや、その子は鏡の破片が刺さって死んだのだ、とかいろんな説があった気がする。

「ムラサキカガミ」を誰から聞いたのか、自分の身近なところから辿《たど》って、言葉の由来はやはり六年生に行きついた。

誰から聞いたか、の名前を書いた噂地図は、人から人に矢印が伸びていく。

六年生の男子の一人が、他の学校に通ういとこから聞いた、と証言したところで、私たちの地図作成は終わった。

「他の学校から入ってきた話だったんだ！」と、謎を解いたような気持ちで、私たちは皆、喜んだ。

――けれど、あれから時が経ち、高校生になった今、私は冷静になって、あそこで止めてよかったのだろうか、と思う。

目に見える範囲の世界にしか想像力の及ばない子ども時代、噂の元は「自分の通う学校」の中ですべてだったけれど、噂地図は、当然、そこから先も無限に広がっていたはずだ。

六年生の男子が聞いたという、いとこのその学校でも、誰から聞いたの、という地図は辿ればさらに大きく広がっていたはずだった。

しかし、そこでやめたところで、呪われたり、嫌なことが起こったりした、というような罰は、誰にも起こらなかった。

けれど、噂地図の「途中でやめないこと」は、もし、本当に実行せねばならないとしたら、実は当時思っていたのより、遥《はる》かにずっと怖い規則なのではないか、と、今にして思う。

中学生になって、「ムラサキカガミって知ってる？」と、他の小学校から来たクラスメートに尋ねた時、きょとんとされた。すぐ隣の学区だったはずなのに、まったく知らないという彼女に、私は、言葉の「二十歳までに忘れないと死ぬ」という意味を教えることができなかった。怖がらせたくない、というよりは、その時はもう信じていなかったから、そんな話をしてしまったこと自体が恥ずかしかったのだ。

かと思うと、別の時、読んでいた雑誌の読者からの投稿欄にこんな相談が載っていた。

「二十歳までに忘れないと死ぬという『紫の鏡』という言葉を知ってしまいました。忘れられなかったらどうしよう、ととても怖いです。H県　中一女子」

それに対する編集部からの答えは「大丈夫！　私の七十歳のおばあちゃんも知ってたけど元気だから」というもの。

自分の住む場所から遠く離れたH県でも、「ムラサキカガミ」と「紫の鏡」の違いはあるけど、同じような言葉の噂がある。

噂地図は、辿って行ったら、どこまでいくかわからない、途方もない地図なのだ、と改めて思った。

暇つぶしの手遊びの名称、料理の名前、その調理法、さまざまな地方ルール。

都市伝説以外にも、噂地図にできそうなものが、世の中には溢《あふ》れている。大人が研究する理由もわかる気がした。

もっというなら、私たちの学校で流行《はや》った「噂地図」自体、持ち込んだ〝最初〟は誰なのだ。正確に作ること、途中でやめてはならない、というルールは最初からあったのか？

中二の時、クラスの中で、「ある女性芸能人の手紙」というもののコピーが回し読みされた。彼女は、人気男性アイドルグループの一人と付き合っている、と言われていた人で、二人は、ドラマで共演してすぐからそんなふうにマスコミで噂されるようになった。

そんな彼女の手紙のコピーが秘密裡《ひみつり》に回ってきた、ということで、クラスの女子たちは興奮していた。

「今日、○○くんとデートで超おいしいレストラン行っちゃった♡」とか、「○○くんの家で超しあわせ♡」といった、ハートマーク連発の丸文字の手紙は、彼女が芸能界の女友達にあてたもののコピーであると言われ、周りの女子はみんな「ばっかみたい」「頭悪そう」と、やっかみ半分に彼女のことを悪く言った。

私はこの時も、例の「噂地図」のことを思い出していた。

その手紙は、本当に、その女性芸能人が書いたものなのか。

その噂は、どこからどう、やってきたものなのか。

地図は作らなかったけど、つい、思った。「噂地図」の対象になるのは、何も呪いや都市伝説ばかりじゃないのだ。

噂地図のことを考えたのは、その時が最後だ。

その後、ネットで調べたという子が「あの手紙、やっぱり本物だって」と話していた。私たちの住む県以外に、東京をはじめ、多くの地域であの手紙は出回っていた。中には、もっと詳細に書かれた手紙もたくさんあって、こちらとこちらは筆跡が違う、とかなんとか、いろんな説があったらしい。

小学校の頃は、まだネットで調べるという頭はなかったけれど、今は、「噂地図」なんて作らなくてもたいていのことは、ネットに打ち込めば答えがもらえるのだ。

そう考えると、便利に感じると同時に、なんだかちょっとつまらないような気がした。

それからさらに時が経ち、高校生になった今、また「噂地図」の存在を思い出すとは思わなかった。

小学校時代、一緒に「噂地図」を作っていた当時の友達の大半と私は進学などで別れていたが、野乃花とは同じ私立高校に通っていて、今も仲がよかった。

野乃花は二組。

私は、五組。

ともに、同じバレー部に入っているから部活では毎日顔を合わせるけれど、野乃花が普段クラスにまで訪ねてくることはほとんどない。今日も教室に現れたのは、一緒に部活に行くのに誘うためかと思ったくらいだ。

しかし、彼女は山口晶子を連れていた。

「真由美《まゆみ》に相談があるの」と。

学年一の美人が、一体私に何の用があるというのか。

二人は同じクラスで仲がいいらしく、黙りこくる山口さんを前に、野乃花が説明する。

「――晶子ちゃんと、うちのクラスの鳥飼《とりかい》くんが付き合ってるっていう噂が、五組で流れてるって、本当?」

「え?」

二組の鳥飼くんの顔を思い出す。長身で、成績がよく、笑顔が爽《さわ》やかだということで人気がある男子だ。私はちらりと山口さんを見る。

山口さんが彼のことを好きで、告白しようと思っている、という話は野乃花から聞いたことがあった。他にも彼のことを好きな女子は多いけど、晶子ちゃんもだなんて鳥飼くんラッキーだよね、と無邪気に、数週間前に野乃花が口にしていた。

私は咄嗟《とっさ》に「知らない」と答えた。

野乃花の隣に立つ山口さんは微動だにしない。その彼女に代わるようにして、野乃花が言った。

「付き合ってないんだよ。実際は。だけど、五組でそんな噂があるらしいって聞いて、晶子ちゃん、すごく嫌がってる」

「……フラれたの」

山口さんがようやく口をきいた。

まだ最近のことなのか、口調に生気がない。

私はどう言っていいかわからずに、ただ目を見開いた。内心では、まさか、山口さんほどの美人が？　という気持ちでいっぱいだった。

「他に、好きな子がいるって。中学の頃から、その子のことが、忘れられないんだって」

山口さんの目が、初めてまっすぐ、私の顔を見た。切れ長のきれいな目にそうされるとドキッとする。

彼女を気遣うように見てから、野乃花が私に説明する。

「晶子ちゃんは五組に仲がいい子もいないし、どうしてそんな噂が流れたのか知りたいって。——で、私が真由美と部活一緒なのを知って、紹介してほしいって。真由美、本当に晶子ちゃんの噂、聞いたことない？」

「知らない。それ言ってたの、五組の誰？」

「飯久保《いいくぼ》さんたちだって」

文芸部の、どちらかと言えば地味なタイプの子たちだ。

山口さんの顔が怒っていた。その怒りの理由はなんとなくわかる。彼氏がいたこともなさそうな、ああいう地味系の子たちに自分の噂話をされていたことがおそらく許せないのだ。容姿に違《たが》わず、彼女はプライドも高そうだった。

「私、名前を聞いたこともない子たちなのに、あんな子たちに——」

山口さんが、吐き捨てるように言う。

彼女に睨《にら》まれたことで、二組では外された子が何人かいる。今も逃げるようによそのクラスでお昼ごはんを食べている、と聞いた。あの子、男友達に媚《こ》びてる、というような噂を立てられて、教室に居場所を失ってしまった、と。

その山口さんから、「お願い」と、顔を覗《のぞ》き込まれる。

「どうしてそんな噂が立ったのか、その子たちに聞いてみてくれない？　誰からそんな話を聞いたのか」

「私も飯久保さんたちとは全然仲良くないよ」

心底当惑して首を振る。驚いていた。飯久保さんたちとは、普段から話したこと自体、ほとんどないのに。

「でも、同じクラスだから、私よりは聞きやすいでしょ？　お願い。――学校の裏サイトとかも見たけど、このことについては何も出てないの。私、気になって」

うちの学校に裏サイトの掲示板がある、ということについては知っていたけれど、私は見たことがない。山口さんのような美人だったら、きっとそこにだって名前がたくさん登場するだろうに、普段から見ているとしたらその心臓の強さに驚嘆する。

と同時に思う。そんなふうにネットで答えを簡単に得ることに慣れているからこそ、答えがわからない今回の噂が我慢ならないのかもしれない。

「私からもお願いだよ、真由美」

野乃花も一緒になって食い下がる。

「だけど……」

思いつめた様子の山口さんが、相当悲しみ、そして怒っているのであろうことが伝わる。噂の元を辿《たど》って、どうしようというのか。考えると、なんだか怖い。彼女に睨まれながら、残りの高校生活を送る日々を想像するとぞっとした。

山口さんが気にしているのは、おそらく、鳥飼くんのことなのだろう。

実際付き合っていない、自分がフラれた相手に、「付き合ってる」という噂があるのを知られたらどうなるか、まるで山口さんが自分から周りに言ったようにも思えるかもしれない。確かに気分はよくないだろう。ただでさえ失恋でショックなのに、山口さんの気持ちは、よくわかる。

私は少し考えて、それから言った。

「噂地図を作ってみたらどう？」

言うと、野乃花が微《かす》かに驚いたように見えた。私は続ける。

「小学校の頃に、うちの小学校で流行《はや》ったじゃない。あれを、もう一度、今度はその噂で作ってみたら？　わかることには限界があるかもしれないけど、できる範囲で噂の元を追ってみる」

「――昔、ムラサキカガミでやったみたいに？」

野乃花がやっと理解したように口にする。私は「うん」と頷《うなず》いた。

「あの頃は小学生だったから、そういう都市伝説みたいなもので作ったけど、噂地図って、もともとはこういうガチの噂話について調べるのに向いてるものだと思わない？」

「うーん。確かにそうかも」

まだ表情の硬い山口さんを振り返り、野乃花が噂地図について説明する。ところどころ、私もその説明を補った。

要は、「噂地図」という名前が仰々しいだけで、やることは山口さんに今頼まれているのと一緒だ。五組への噂がどこから来たか、調べる。

それぐらいなら、私もやっても構わないと思った。

「――作ってほしい」

話を聞き終えて、山口さんが顔を上げた。その場で「紙ある？」と聞かれ、私がわら半紙のプリントを渡すと、その裏に、何かを書き始めた。

「一組　瀬川美亜《せがわみあ》」　↓　「五組　飯久保妙子《たえこ》　上野由衣《うえのゆい》」

私は山口さんが書きこんだ、地図の最初を見つめた。なるほど、一組の瀬川さんと飯久保さんたちは、ともに同じ文芸部だ。そこから伝わり、そして山口さんの耳に入ったのだろう。

「お願い。できる範囲でいいから。——ここから先の地図、続きを書いて」

山口さんが言った。私は「わかった」と頷いた。

二週間後、朝の部活が終わって着替える際に、私は野乃花に残ってもらった。山口さんに頼まれた噂地図を完成させたものを、野乃花に渡す。

野乃花は「ああ……」と頷いて、二つ折りにされたわら半紙を手に「見てもいい？」と尋ねた。

私は「うん」と頷いた。

「一組　瀬川美亜」↓「五組　飯久保妙子　上野由衣」↓「八木《やぎ》さくら」↓「高橋朋美《たかはしともみ》」↓「長尾司《ながおつかさ》」↓「田辺由香子《たなべゆかこ》」↓「中村宏和《なかむらひろかず》」↓「梶原理江《かじわらりえ》」↓「二組の男子が噂しているのを聞いたような気がするけど、彼らの名前ははっきりからない」

広がる地図の終着点を見て、野乃花が顔を顰《しか》めた。

「……この二組の男子たちが誰かはわからないってこと？」

私は「悪いけど」と答える。

「理江もはっきりしたことは覚えてないんだって。しかも、理江自身は、『付き合ってる』なんて無責任な言い方はしてないって」

「晶子ちゃんが告白したって噂を聞いたってこと？」

「ううん。告白じゃなくて、理江が聞いたのは、鳥飼くんが、山口さんをかわいいって言ってたっていう噂」

野乃花が瞬《まばた》きして私を見た。はっとした表情で、「それ、本当？」と尋ねる。私は首を振る。

「知らないよ。理江がそう言ってたんだもん。だから理江は、中村くんにこう言ったの。『二組の鳥飼くんって、山口さんのこと好きなんだね』って」

「そうなんだ」

「だから、理江が言ったのは、むしろ、山口さんが鳥飼くんを好きっていうのじゃなくて、その逆。──ともあれ、ごめん。ここまでしか辿れなかった。山口さんにもそう伝えてくれる？　これ以上は役に立てなくて申し訳ないけど」

「わかった」

「……鳥飼くんが、かわいいって言ってたっていうのも、教えてあげて。それを口にしちゃった理江にも悪気はないと思うから、許してあげてほしい。これは私からのお願い」

「うん」

山口さんに地図の作成を頼まれた放課後から、もう二週間が過ぎている。あの時、感情的になっていた山口さんの怒りは、今は少しは収まっているだろうか。鳥飼くんにはフラれたかもしれないけれど、彼に憎からず思われていたことを知れば、少しは気持ちが落ち着いてくれるかもしれない。

「じゃあ」

「あ、待って。真由美」

もうすぐホームルームが始まる。

教室に戻ろうと荷物を手にした私を、野乃花が呼び止めた。私は振り返る。

「何？」

「……これ、どこから噂が『付き合ってる』になったのかはわからないわけ？　聞いてく途中でそれ、聞かなかったの？」

「聞いたけど、みんな、曖昧《あいまい》だったよ。鳥飼くんがかわいいって言ってる、好きなんじゃないか、付き合ってる、のどれもをみんな同じ印象で喋《しゃべ》ってる感じ」

私は少し苛立《いらだ》ちながら返す。当人にとっては大問題かもしれないけど、他人の恋愛の話なんてみんなそれくらい大雑把に聞くものだろう。

「そうなんだ。――ふうん」

野乃花が答え、私が今度こそ行ってしまおうとすると、彼女がもう一度、私の背中に向けて呼びかけた。

「ねえ、真由美」

「何？」

「頼んでないよね」

短い息が、すっと喉《のど》を過ぎる。私はゆっくり野乃花を見た。できるだけ平静に聞こえる声で、「何を？」と尋ねる。どんな表情を作ればいいか迷って、結局、無表情になる。

野乃花はじっと私を見ていた。

「五組の噂の最初になった理江ちゃんって、真由美と同じグループにいる子だよね。何度か教室移動一緒にしてるところ見たけど、かなり仲いいよね」

「うん」

私は野乃花を見返す。

「それが？」

「別に」

野乃花の言い方もそっけなかった。

「だけど、その理江ちゃんから、真由美は晶子ちゃんと鳥飼くんの噂を聞いたことなかったんだ？」

「うん」

頷《うなず》いた。でも、それだって別におかしなことじゃない。よそのクラスの恋愛話にみんながみんな興味があるわけじゃないだろう。

——それに、野乃花だって、わかっているだろう。

掘り下げたら、自分だって困るのだ、ということを。

私が「で？」と顔を上げると、野乃花の表情がふっと和らいだ。「何でもない」、と。

「真由美が理江ちゃんに、そう言ってくれるように頼んだんじゃないなら、いい。大丈夫。——もうこの話はしないように、晶子ちゃんにも言っとく」

「うん」

私はそっけなく頷いて、体育館履きを上履きへと履き替える。その時、野乃花がついでのように言った。

「勇気あるね」と。

「え？」

思わず顔を上げてしまうと、野乃花の顔が微《かす》かに笑っていた。

「勇気あるよ。噂地図、小学校の頃、相当怖かったじゃない？」

「そう？」

はしゃぎながらみんなで作った思い出しかない。怖かった、という記憶はない。しかし、野乃花が眉間《みけん》に皺《しわ》を寄せる。

「あれ、絶対に正確に作ること、とか、一度作り始めたら、途中でやめないこと、とかルールがどんどん追加されてって、後から怖かったなって思ったよ。そのうち六年生の方から、『噂地図』はそれ自体が作らない方がいいものだっていう噂まで立って」

「そうだっけ」

しかし、後追いのルールは、どこかで付け足されたデマのようなものが圧倒的だろうから、公式ルールではないのだろう。キューピット様の時と同じだ。だいたい、途中でやめないこと、というルールだって、みんながどこまで守っていたか定かじゃないのだ。

「ともかく、ありがと」

野乃花が言った。

「晶子ちゃんも、これでひとまず納得すると思う」

教室に戻り、窓辺の席でホームルームの担任教師の話を聞きながら、私はぼんやり、野乃花はやはりわかっていて、それで私のところに来たのだな、と考えていた。

山口さんと鳥飼くんの噂の出所。

今日私が野乃花に渡した地図は、まったくのでたらめだ。

もうこれ以上関わり合いになりたくなくて、野乃花の言う通り、理江にだけ、もし万一山口さんに聞かれたらこう答えてほしい、と頼んで、あとは適当に名前を書いた。

これで、噂の記憶は曖昧になる。「二組の男子が噂しているのを聞いたような気がするけど、彼らの名前ははっきりわからない」という結論に、真相が溶けていく。

野乃花と山口さんが私のところに来て、例の噂を持ち出した瞬間、心臓が凍ったように思った。正直、生きた心地がしなかった。

飯久保さんたちに話したのは私ではない。断じて、私じゃないと断言できるけど、最初に五組であの二人に対して「付き合ってる」という言い方をしたのは――私だ。

野乃花から、山口さんが鳥飼くんのことを好きだという話を聞き、ならば二人が付き合う日も近いのだろうと単純にそう思った。

山口さんほどの美人がまさかフラれてしまうなんて、想像もしなかったからだ。周りの女子――もう、誰に話したかも覚えていないような〝誰か〟と、「二組って、カップル多いよね」と話していて、つい、口にした。「山口さんと鳥飼くんもそうだしね」と。

噂地図は、聞き込みなんかしなくても、私は真相を描ける。

まさかそれが飯久保さんたちのような、ろくに話したこともない子たちの耳にまで入るとは思っていなかった。そこには、まさに噂の恐怖を感じるけれど、だからこそマズい、と思った。私がたわいなく話したことが、ここまでおおごとになってしまうなんて思わなかった。

五組でこんな噂がある、と聞かされた、野乃花はどうだったろうか。

当然、私のことを考えたのではないか。

そして、思ったはずだ。もし五組の噂の元が私だとすれば、その私に元となる情報を渡したのは自分である、ということを。噂地図の矢印は、私から野乃花に伸びている。噂の元が行き着く先は、私と野乃花になる。

だから私のところに来た。あの放課後、五組の友達を紹介してほしい、と言った山口さんが、どれほどの勢いで、あるいは、疑いを持って私のところにやってきたのかはわからない。けれど、野乃花は野乃花で、彼女と私のところに来てしまうことで、先に予防線を張ろうとしたのではないか。

気が強く、プライドの高い山口さんに睨《にら》まれたら、同じクラスの中でさぞやりにくいことになるだろう。

それは違うクラスの、私だってそうだ。学年一の美人に嫌われて残りの学校生活を送りたくはない。

言葉にして一度も確認しなかったけれど、野乃花と私の望むところは一致していた。腹の探り合いみたいなやり取りしかしなかったけれど、お互い核心に触れなかったのは、それが「噂」だからだ。

認めたらその通りになってしまうけど、噂だから、それがどこから来たのか、本当のところは誰にもわからない。

「……ねえ」

「ああ、あの子」

ホームルームを終え、一時間目の音楽の場所である音楽室に移動している最中、ふと背後に囁《ささや》くような声を聞き、振り返る。

別のクラスの女子が二人、私の方を見ていた。一瞬だけ目が合い、それに気づいて露骨にさっと目を伏せる。そのまま、そそくさと廊下の向こうに消えていく。早足で歩く彼女たちの間から、くすくす笑う声が聞こえた。

感じがいいものではなかった。

私は再び前を向き、音楽室に向かう。すると、今度は前方で、私の方を見ていた別学年の男子が、あ、と何かに気づいた顔をした。そのまま、「おい」と小声で一緒にいた友人らしき男子に声をかける。すると彼が私を見た。ああ、という声にならない呟《つぶや》きを漏らし、そしてすぐに視線を逸《そ》らした。

……私の顔か、制服に、何かついているのだろうか。

あわてるのもみっともないからさりげなく見下ろすが、おかしなことは何もないように思う。

「ちょっとごめん。トイレ、寄ってく」

一緒に歩く理江たちに断って、途中のトイレに飛び込むと、中で「やだぁ」「でもそれって」と何かを話していた一年生の女子たちが、私の姿を見るなり「あ」と言葉を止めた。

不自然な沈黙を作ったまま、互いに顔を見合わせ、そして、全員でトイレを出ていく。

私はいよいよおかしなものを感じながら、トイレの鏡を見る。いつもと変わらない顔だ。何か変なものがついているわけでも、寝癖が立っているわけでもない。制服だっていつも通りだ。

みんなが私を見て反応しているように感じたのは、偶然だろうか。

トイレを出て、音楽室に向かう。途中また、似たようなことがあった。ああ、あの子、あれ、おい見ろよ、あいつだろ――。同じような囁きが追いかけてくる。

気のせいだ。

きっと、気のせいだ。

音楽室に入ると、理江たちがいつものあたりに座っている。何かをみんなで「へー、そうなんだ」「知らなかった」と話していて、その姿にほっとして近づいていく。

「何の話？」

何気なく聞くと、空気が——止まった。

私でもそう感じるような露骨なタイミングで、一人の子が「ああ、なんでもない」と短く答えた。それきり、全員、黙る。

私は息を呑《の》み、彼女たちを見る。しかし、私はそこでさらに驚くことになった。そう答えた彼女たちは少しも悪びれた様子がなく、むしろ屈託なく微笑んでいた。

「真由美、音楽の課題、やってきた？」と変わらぬ調子で話しかけてくる。

私は拍子抜けしながら、「あ、うん」と間抜けな返事をする。理江が横から「あー、お願い。ちょっと見せて」と甘えたような声を出す。

みんなに五線譜のノートを見せながら、理江になら聞けるかな、と、小声でこっそり「さっき、何の話だったの」と聞いた。

しかし、理江は「え？」と顔を上げた後で、こう言った。「真由美には関係ないよ」

答えの冷たさに目を見開くが、理江もまた、笑顔だった。笑顔のまま、「関係ないよ」ともう一度、言った。

高校から電車で帰る際、降り立った近所の駅で、また視線を感じた。

知らない中年の主婦たちのグループの前を通ろうとしただけなのに、私が通った途端、彼女たちがそれまで響かせていた笑い声をぴたりと止める。目が、私を見ている気配を感じた。

私が角を折れ、彼女たちから見えなくなった途端にまた、笑い声が戻る。

いい気持ちはしなかった。

――噂地図のせいではないのか、と考え始めたのは、夜、自分の布団に入ってからだった。

食卓で、母が「あ、そういえばお父さん」と父に何かを言いかけた。

父が「うん？」と顔を上げると、母が「あ、やっぱりいいや」と言う。父は怪訝《けげん》そうな顔をしながら「なんだ」と不満げだったけれど、そのまま引いた。

限界だった。

母までそうか、と思ってしまったのだ。

母の目が私をちらりと見たような気がして、「何なの!?」と思わず声を上げた。

「私、何かした？　私の顔に何かついてる!?」

食卓で突然立ち上がった娘を、父も母も驚いたような目で見ていた。それを聞きたいのはこちらの方だというのに、母が、「どうしたの？」とおろおろ話しかけてくる。

「真由美、何？　どうしたの？」

「今、何言いかけたの？」

それは、私にまつわる話なのではないか。

私に、何かおかしな噂が立っているのではないか。

それをいつの間にか、みんなが知っているんじゃないか。

本気でそう思って聞くのに、母が「何って何？」と当惑した様子で聞き返す。演技をしているようには思えなかった。

私は本格的に混乱して、「もういい」と答える。わけがわからなかった。


――勇気あるね。

布団の中でじっとしていると、野乃花の言葉が思い出された。

――噂地図、小学校の頃、相当怖かったじゃない？

――あれ、絶対に正確に作ること、とか、一度作り始めたら、途中でやめないこと、とかルールがどんどん追加されてって、後から怖かったなって思ったよ。そのうち六年生の方から、『噂地図』はそれ自体が作らない方がいいものだっていう噂まで立って。

信じてない。信じてない。信じてない。

呪いなんて、あるわけない。

そう思う一方で、おかしなことが始まったのは、すべて、今日、野乃花にでたらめな噂地図を渡して以降なのだということを思い出していた。

デマかもしれないルールに彩られた、噂地図。

一度作り始めたものが中途半端になっても、誰も呪われたことがない、噂地図。

しかし、その一方で、自分たちがずっと言われていたのに軽視していたルールがある。

噂地図は、絶対に正確に作ること。

正確に作る、なんてことは、当たり前の話だから、小学校の頃だって誰も気に留めていなかった。

ベッドから跳ね起きて、私は急いでリビングに降りていく。父も母ももう寝た後だった。暗いリビングで、家族兼用のパソコンを立ち上げる。

ブラウザーを起動し、「噂地図」と、検索すると、すぐにたくさんのサイトがヒットした。上に、検索候補の単語がいくつか並ぶ。中に、「噂地図　罰」「噂地図　ペナルティー」という文字を見つけ、即座にクリックする。

噂地図のルールを破った罰は、ひょっとすると、自分にまつわるおかしな噂が流れること、なのではないか。

だとしたら、噂地図、という存在にふさわしい罰だ。

信じてない。そんなバカなことがあるはずない。もう高校生なのにこんなことに怯《おび》えるなんてどうかしてる。

思うけど、背筋が寒い。怖い。どんな罰が出てくるのか——自分にまつわる、どんな噂が流れているのか、見るのが怖い。ああ、もっと早くネットで噂地図のことを調べておけばよかった。いまさらながら悔やまれる。

勢いをつけて、画面を見る。そして、私は茫然《ぼうぜん》とした。

噂地図の、ルールを破った罰。

それは、自分にまつわる噂が流れること、なんかじゃない。

画面に出てきた文章を、凝視する。

『「噂地図」を正確に作らなかったり、故意に内容をねつ造したりすると、その人は今後一切、世の中のどんな噂も、誰にも教えてもらえなくなると言われています。』

一度読み、二度、読む。

そして反芻《はんすう》する。

自分が来るまで、何かを話している様子だったクラスメートたち。トイレに入った時、何かの話に興じていた様子だった一年生の女子たち。「あ、そういえばお父さん」と何かを言いかけてやめた、母。

意地悪をされているわけではない。悪意もなさそうに、友人の顔も、母の顔も、ともにきょとんとして、笑顔だったことを思い出す。

他は何も変わらない。

ただ、私に噂話を伝えない、というだけ。

はっきり悟る。

噂地図をねつ造した罰は、噂地図の中から、自分がはじき出されることなのだ。どんな噂の輪の中にももう二度と入ることがなく、地図に、私の名前は今後一切、記載されない。

噂地図に、ある意味ではこれ以上ないくらいふさわしい罰だとも言える。

しかし、自覚した瞬間、体の内側からぞわぞわっと鳥肌と震えが走った。

嫌だ、と思う。

絶対に、嫌だ。

懸命にサイトを巡る。一件の書き込みに目が奪われる。

それは、Q&A方式の相談サイトだった。質問者の書き込みが見える。

『Q・「噂地図」というのを作ってから、なんだか周りがおかしい気がします。誰か情報をお持ちでしたら教えてください。これしか書けなくてごめんなさい。』

私の目が釘付《くぎづ》けになったのは、その下にある、『花丸アンサーに選ばれました』という答えの書き込みだった。

『A・質問者さんの書き方だと詳細が不明ですが、ひょっとして罰をお受けになったのでしょうか？　だとしたら、心配ありません。今から数年前、私の友人が同じ罰を受けたと言っていましたが、彼女は、今、とても安らかな日々だと言っていました。噂から解放された日々は静かで、清らかなものだそうです。おめでとうございます。』

おめでとうございます、という文字が視界の中で妙に白々しく光る。

私は言葉を失い、噂から解放される、とはどういうことだろうか、と考えていた。日常生活に、確かに差しさわりはないのかもしれない。もともと、本当に正しいのかどうかもわからない話だからこその「噂」だ。私は、ただそれが二度と聞けないというだけ。

都市伝説も、誰かの好きな人も、芸能人のスキャンダルも、今、昔の友達がどうしているらしいという消息も——。

そんなものがないだけなら、問題ないだろうか。

胸が嫌な風にドキドキしていた。どうしよう、どうしよう、と思ううちに、次の瞬間、パソコンの画面がさーっと、上から塗りつぶされるように白くなっていった。

「え？」と目を見開くうちに、どんどん、どんどん、消えていく。

あわててマウスを掴《つか》む。不思議なことに画面が真っ白なのに、上の表示バーだけは残ったまま。このサイトだけがおかしいのか、といじるけど、ページを戻しても、ホームボタンを押しても、どのページも何も表示してくれない。

その時、ああ——と、思い当たる。気づく。

——ネットに載っている、これらも全部「噂」だからだ。

「噂地図」それ自体が、噂。

Q&Aでみんなが話すことも、噂。

芸能人のスキャンダルも、まことしやかに囁《ささや》かれるニュースの裏側も、ここに載っている、多くの情報は、きっと噂なのだ。

どうしよう、と途方に暮れる。

唇を噛《か》みしめて、震える手で、思う。

自分がとんでもないものを失ってしまったのかもしれないことを、私はようやく、じわじわとわかり始めていた。

それを安らかな日々だと、私には、どうしても思えない。

七つのカップ

そのおばさんは、いつも、私たちの通学路に立っていた。

私たちは、小学校五年生だった。学校に行く時や帰り道、その横断歩道に、おばさんが立っているのとよくすれ違った。普段から大人に、地域の人には元気よく挨拶《あいさつ》をしましょう、と言われていたから、「こんにちは」とか、「さようなら」と、私たちはよく挨拶した。

一度、友達の彩葉《いろは》ちゃんが、一人で帰った時。

すれ違ったおばさんに「さようなら」と話しかけると、呼び止められた。ためらいがちに、おずおずと声をかけられたそうだ。

「あなたたちみんな、『こんにちは』って言ってくれる時と、『さようなら』って言ってくれる時があるけど、なるべくなら、『こんにちは』って言ってくれる？」

怒るような言い方ではなかった。「『さようなら』だと、寂しいから」と、俯《うつむ》くように、ぽつりと言った。

「すいません」と謝って、彩葉ちゃんが帰ろうとすると、「おかしなお願いをしてごめんなさいね」と、子どもの彩葉ちゃんが恐縮してしまうくらい丁寧に、頭を下げて謝ってくれたそうだ。

「気をつけて帰ってね」

微笑むおばさんは、気弱そうだけど、優しそうな人だった。

エプロンにつっかけ姿で、私たちのお母さんよりは少し年上のように見えた。痩《や》せていて、顔色も悪かったけど、いつもいる人だし、学校で先生たちから「不審者」として注意を促されるような感じの人には見えなかった。

狭い地域のことだった。

おばさんの家は、小学校の目の前の、大きな道路に面したあの家だ、と、みんな知っていた。

横断歩道の両脇には、花が供えられていた。

誰かが亡くなった後の場所にそうするのだということは、三年生に上がった頃くらいに知った。

五年生になったその年、その横断歩道で立て続けに三人が亡くなった。

それぞれ違う事故で、二人目まではお年寄り。三人目は、若い男の人。交通量の多い場所なのに、横断歩道には信号がなくて、無理に渡ろうとした人が車に撥《は》ねられる事故が続いたのだ。

そのせいで、その年は、横断歩道の脇に花が絶えることがなかった。

事故が起こるたび、学校の朝礼でそのことが伝えられ、「皆さんは注意しましょう。あそこで、この学校の子が事故に遭ったこともあります」と先生たちから繰り返し、注意された。

その横断歩道の前の縁石には、花とは別に不思議なものが置かれていることがあった。

毎日、学校の行き帰りに登校班の列を作ってそこを通り、車の往来が途切れて渡れるようになるのを待つ時、意識するともなく、なんとなく私も見て、気づいていた。

マクドナルドの紙カップだった。

サイズは多分、Mサイズ。

そのカップの中に、アスファルトの小さな黒い石がいっぱいに詰め込まれている。

何だろう？　誰が置いたんだろう？　と思ったが、いつも、深く気に留めなかった。

気にするようになったのは、ある日、それが二つに増えているのを見てからだった。

さらに翌日には、それが三つに、四つに、と一日ごとに増えていく。

一日一つずつ増えるカップは、七つになったところで、しばらく数が増えず、そのままになった。きれいに一列に並んだカップに、さすがに私以外にも、「何だろうね」と声に出す子が出てきた。

周りの道路にもアスファルトは使われていたが、それらが欠けた様子は一切なく、この黒い石はどこから持ってこられたものなんだろう、と気になった。周りを見ても、近くに工事現場や建設現場はなく、しかもマックのカップというのが気になった。

それからしばらくして、ある朝見ると、七つ並んだカップの一つが倒れて、中の石がこぼれていた。

彩葉ちゃんと登校していた私は、彼女と、

「あれー、倒れちゃったんだね」

「ほんとだね」

「おまじないか何かかな」

とだけ、会話をした。

すると翌日、七つのカップは全部がなくなっていた。

黒い小さな石は、一つも残っていなかった。

私は彩葉ちゃんと「なくなっちゃったね」と話した。子どもは、目の前に存在しているものについてはよく話題にするが、目の前にない〝不在〟のものには興味が薄い。「あ、そういえば」というくらいで、その話はおしまいになった。何か意味があったのか、とは、その時はそこまで考えなかった。

カップは消えたまま。

やがて、しばらくして雨が降った朝、ふと、傘を傾けて足下を見ると、同じ、黒い石を詰めたマックのカップが一つ、前と同じ場所に置かれていた。

黒い石が、雨でさらに黒く濡《ぬ》らされていく様子を見て、不思議な気持ちになる。

その翌日からは、また、一日一つずつ、カップが増えていく。雨の日でも、晴れの日でも関係なく。

そして、また、七つになったところで、カップが消えた。

そんなことが、繰り返された。

そういえば最近見かけないなぁと思っていた頃、そのおばさんが現れたのだ。

横断歩道の前に立ち、ぼうっと学校の方を見ている。

交通安全月間かなんかで、先生たちやPTAの役員さんたちが登下校の道に立って黄色い旗をかざしてくれることがよくあったけど、おばさんはそういう雰囲気とも違って、旗も持たずにただ立っているだけ。そもそも学校に通っている子の、誰のお母さんでもない。

時々、ゆっくり、首を左右に振り動かす。誰かをさがすみたいに。

自分が見つめる横断歩道の向こうから、誰かがやってくるのを、まるで、待つように。


その頃の私は、怖い話を集めた本や、テレビの心霊現象特集を見るのが大好きだった。古い空き家や廃病院、夜の学校に、開かずの踏切、灯《あか》りの乏しいトンネル……。

霊が出る、と言われる場所に霊能者とレポーターがカメラと一緒に入っていって、不思議な音を聞き、気配に「しっ」と耳をすませる。霊能者の女性が「これはここで昔、亡くなった人たちの霊が」と説明している。

「苦しんで、私たちをこちら側に来るようにと呼んでいます。どうやら、まだ若い女性のようです」と話す声に、私は、毛布をかぶりながらも、怖いもの見たさでテレビに張りついていた。

私の怖いもの好き、怪談好きのこの趣味は母親には理解されなかった。「そんな気持ちが悪いものばかり見て」と、呆《あき》れられ、おかげでこっそり隠れて見るようになったテレビや本の世界に、私はますます惹《ひ》かれるようになった。見てはいけない、という背徳感にまさる楽しさはない。

おばさんの話を聞いたのは、ちょうど、その頃だった。

私の母は、大人の噂話や誰かの悪口のような悪意を、徹底的に子どもから遠ざけるタイプの親だった。その潔癖さで、今にして思えば私をいろんなものから守ってくれていたのだろう。けれど、だからこそ、子どもとしては大人が声をひそめるような話題が、なおのこと気になる。

日曜日の午後だった。うちに他の子のお母さんたちが何人か遊びに来ていた。彩葉ちゃんのお母さんもいて、彩葉ちゃんも一緒についてきた。私たちはお母さんたちがうちのリビングでお茶を飲む間、子どもだけで私の部屋にいた。シルバニアファミリーの人形で遊んでいた。

開け放したドアの向こうから聞こえる大人の声を、私たちはなんとなく聞いていた。話題の中に、その日、「お気の毒に」という声が聞こえた。

「もう何年になる？　あそこで子どもが死んでから」

「本当にお気の毒。もう、腹が立ってしまう。無責任に」

「まだ確か、三年生くらいだったでしょう」

「どのテレビでそれ、やったの?」

声は飛び飛びに聞こえるだけで、大人たちがぼかすように口にする部分も多く、話の内容は、はっきりとはわからなかった。

「スイッチが入っちゃったのよ」と彩葉ちゃんのお母さんの声がした。

「それまで穏やかに、静かにしてたところに、あのテレビで、矢幡《やはた》さんの中のスイッチが入っちゃったのよ」

私と彩葉ちゃんは、どちらからともなく無口になっていた。しかし、しばらくして、彩葉ちゃんが、ぽつりと「あのおばさんのことだよ」と教えてくれた。彼女はお母さんから聞いて、事情を少し知っているようだった。

「あの、横断歩道のところに立ってるおばさん」

「あのおばさんのところの子どもが、死んだの?」

「うん。もう十年くらい昔のことみたいだけど。朝、学校に行く途中」

十年は、その頃の私たちにしてみると想像もつかないくらいの長い年月だった。彩葉ちゃんが続ける。

「最近さ、あそこで三人死んでるでしょ」

「ああ」

近くには、今日も花や、ビール、煙草の箱が供えてあった。誰が作ったのか、「気をつけて!」と書かれた大きな看板が、近くのガードレールにかけられるようになっていた。

「あそこに、霊能者が来たんだって。テレビの番組で。夜の、大人が見るようなのだから、私は見てないけど」

「うん」

「その人が、事故が続くのは、ここにいる子どもの霊のせいだって言ったんだって。女の子の霊が寂しくて呼んでるって」

腕にふわっと鳥肌が立った。

寒い時以外でそうなるのは、初めてのことのような気がした。

私は口もきけずに彩葉ちゃんを見た。彩葉ちゃんも、困ったような顔をした。

「……その話が、あのおばさんのとこまでいったの。おばさんはテレビ、見てたかどうかわかんないけど」

「でも、おばさんの子どもが死んだのはもう十年も前なんでしょ? 確かに急に事故が続いたけど、それまで何もなかったのに」

「だけど、他に死んだ人はみんな大人で、子どもが死んだ事故はうちの子だけだからって」

だけど、だけど、だけど。

私はもどかしく言葉を探す。

「だからって、テレビでやってからずっと、あそこの道に毎日立ってるの？」

「そうみたい。誰かが『気にすることないよ』って言ったことがあったみたいだけど、それでも、自分の子どもの霊が、一人で寂しくしているならかわいそうだからって。その上、人を巻き添えにしてるなら、本当に申し訳ないって、謝ってたって」

私は本格的に口がきけなくなってしまった。息苦しくなる。

謝る必要なんてない――、とまず思った。

今ならわかるのだけど、おそらく、その時の私はやるせなかった。

テレビや本の向こうに見る〝幽霊〟と、亡くなってしまったというおばさんの子どもを一緒に考えることができなかった。優しそうなあのおばさんの、しかも同じ小学校に通っていたという女の子を、そんなふうには思いたくなかった。

「その霊能者、才能ないんじゃないかな」と言ったのは、私ではなく彩葉ちゃんだった。頰が引き攣《つ》ったその顔を見て、彼女も私と同じ気持ちでいるんだと思った。

「あてずっぽうに〝女の子の霊〟って、きっと言っただけなんだよ。その方がわかりやすいもん。無責任だよ」

大人たちも、さっき、その言葉を使っていた。

私も同感だった。

おばさんの子どもは、無責任に、勝手に〝怪異〟にされてしまったのだ。

話を聞いてしまってから、初めてまた横断歩道を通る日、私は緊張していた。彩葉ちゃんもそうだったかもしれない。いつものようにそこに立つおばさんに「おはようございます」と挨拶《あいさつ》をして、進もうとした時、「危ない！」という悲鳴のような声に呼び止められた。

痩《や》せたおばさんの手に、両肩をくっと摑《つか》まれ、はっとして、私は身を引いた。登校班で、前に並んだ男子の背が高かったせいで、車が来ていることに気づいていなかった。

とはいえ、車がここまで来るのにはまだだいぶ距離がある。それに子どもが通っているのだから、停まって待ってくれただろう。

ちょっと大袈裟《おおげさ》に感じて振り返るが、おばさんの顔は大真面目だった。私の肩を摑んだ手が、強張《こわば》って、そして、熱かった。私の後ろには、もう彩葉ちゃんがいるだけで、他の子はみんな先に行ってしまった。

「危ないよ」

とおばさんが言った。これまで聞いたことがないくらい、強い声だった。

やってきた車が、何事もなかったように目の前を通り過ぎていく。誰もいなくなった横断歩道の前で、おばさんはあわてたように私から手を放し、そして、また、いつもの顔に戻った。弱々しく笑いながら「ごめんなさい、驚かせて」と言う。

表面に薄い膜が張ったみたいに、目が赤く、潤んでいた。

大人に怒られたことが気まずくて、私も反射的に「ごめんなさい」と言った。

足下に目をやると、マックのカップが復活していることに気がついた。もう何度目になるかわからない、カップの整列は、今日は三つ目の日のようだった。

毎回同じカップを使っているわけではないのか、雨風に晒《さら》されてきただろうと思ったカップは、よれた様子もなくキレイに、皺《しわ》ひとつなく、しゃんとして立っていた。

初めて、聞いてみる決心ができた。

「このカップ、おばさんが置いてるんですか」

おばさんが少しだけびっくりしたように目を瞬《しばたた》く。それからすぐに「うん」と答えた。

「邪魔だった？　ごめんなさいね」

「邪魔じゃないけど」

今度は彩葉ちゃんが言った。

おばさんは謝ってばっかりだ。彩葉ちゃんも私も、それが少し、嫌だった。

「不思議に思ってて。何かのおまじないなのかなって」

「昔ね、おばさんの子どもがよく、やってたの」

初めて、その子の話がおばさんの口から出て、私と彩葉ちゃんは微《かす》かに緊張する。

事故のことや、亡くなったことを聞かされたらどうしようと思ったけど、おばさんはそれ以上は話さなかった。カップにいっぱい石を詰めた意味も、それが七つである必要性も、なぜ、中の石をこぼすのかということも。

カップの中に入った小さな黒い石を、私は黙って見つめた。

道路と縁石の周りに倒してこぼした後、この小さな、粒のような石をおばさんが屈《かが》んで一つ一つ拾うところを想像したら、いたたまれなかった。

横断歩道で起こった事故はおばさんの子どものせいじゃないと思う、と、本当は声にして伝えたかった。できなかったのは、気まずいし、臆病《おくびょう》だったせいだ。

大人たちが言うように、ここに来たという霊能者もテレビ番組も無責任だと思った。

霊能者にとったら、死者は単なる〝霊〟なのかもしれないけど、おばさんにとっては、何年も一緒に過ごしてきて、事故で急にいなくなってしまった自分の家族だ。生きてる時を知ってる、顔も知ってる。死んでしまったことを受け入れるまで、どれだけつらくて、悲しかっただろう。お花を供えるのだって、カップを用意するのだって、その子の魂がどうか安らかでありますように、と願ってのことじゃないのか。

その子が、寂しくて人を呼んでるなんて言われたら、心がちぎれるような思いがするだろう。

並べたカップの、本当の意味はわからない。

だけど、おばさんが並べる理由の方はなんとなく、私たちにだってわかった。

おばさんは、自分の子どもが、まだここにいると思いたいんだ。

その子に、会いたいんだ。

一度、夜の遅い時間に、お母さんの車で横断歩道を横切った時。

車の窓の外に、おばさんがぼうっと、光るように立っているのが見えた。横断歩道を渡りもせず、立ったままのおばさんは、体がとても薄っぺらく見えて、知らなければ、幽霊のように見えてしまったかもしれない。

こんな時間までいるんだ、と驚いた。

背後から、知らないおじさんがやってきて、そんなおばさんの腕を引く。だけど、おばさんはそれがわからないみたいに前を見てるだけ。あの人は、おばさんの、旦那《だんな》さんなのかもしれない。

おじさんは、そうされることがわかっていたみたいに、すぐに諦《あきら》めて、おばさんを置いてくるりと方向転換した。

「矢幡さんだ」

と、お母さんがひとりごとのように言った。

昼間、光の下で私たちに話しかけてくれる時とは違うおばさんを見てしまったことがなんだか後ろめたくて、私は、どうかおばさんに気づかれませんように、と祈りながら、窓の下に体を屈めて、隠れた。

おばさんの子どもが亡くなったのは、雨の日のことだったそうだ。

クラスで、誰か大人に聞いてきた子がそう、教えてくれた。

傘を忘れた女の子は、登校班で学校に向かう時、「帰りはもっと大雨になるのに」と男の子たちにはやし立てられた。降り始めた雨が、あっという間に勢いを激しくするのを見て、横断歩道の途中で、ぱっと体を翻し、引き返そうとした。

車が、その時にやってきた。

おばさんは、その日、降り始めた雨を心配して、女の子の傘を手にして、娘の跡を追いかけた。間に合うなら、届けようとして。

事故は、横断歩道のところで娘を見つけ、声をかけようとした、その時のことだった。

彼女は、お母さんの目の前で車に撥《は》ねられたのだ。

幽霊というのは怖いもので、「怪談」も「ホラー特集」も、自分の身に起こらないからこそ、おっかなびっくり楽しんでいられる。実際に幽霊に会いたいかどうか聞かれたら、私は震えて逃げ出すだろう。

幽霊が出てきたらいいのに、なんて願ったのは初めてだった。

私と、彩葉ちゃんは毎日、横断歩道を通りながら、祈るようになっていた。

どうか、女の子の霊が現れますように。

おばさんとその子が、会えますように。

その日は、雨が降っていた。

学校帰りの私と彩葉ちゃんは、いつもの横断歩道を渡ろうとしていた。雨の日は、いつもより交通量が激しかった。

いつ渡れるかわからない横断歩道の前で、車の往来を眺めていると、向こうにおばさんの姿が見えた。花柄の傘を差している。

おばさん、と声をかけようとしたけれど、行き交う車の音のせいで、声が届くとは思えなかった。かわりにした会釈に、おばさんが表情を変えないことが、ちょっと引っ掛かった。いつもだったら、笑い返してくれるのに。

縁石に置かれた花に交じって、その日は、マックのカップが七つ、並んでいた。

おばさんの傘が後ろ向きに、見えない風に吹かれたようにふわっと、倒れた。おばさんが、背中に傾けた傘を手から離したのだ。

目が、宙を見ている。

私たちのことも、車のことも見ていない。

危うい——という感覚を、生まれて初めて持った。

おばさんが、危うい。顔つきが、目が、足取りが。

そして、雨の中、彼女の足が一歩、横断歩道に踏み出した。

私は気づいた。

横の、彩葉ちゃんも気づいた。

おばさん！


呼ぼうとした。

車が、まるでおばさんのことになんか気づかないみたいに、相変わらず行き交っている。

口から、声が出る。横の彩葉ちゃんも口を開けて、叫ぼうとしている。

その瞬間、音が、消えたように思った。車の音も、雨の音も。

そして、二人の声が揃った。

「「おかあさん！」」

呼んだ瞬間、音が、戻ってきた。

目の前で横断歩道に踏み出しかけた足を止めたおばさんが、驚いた顔をして目を見開いて、こっちを見ている。私たちも、自分で驚いていた。

今、自分たちは何を言ったのか。


その時だった。

さーっと流れる雨音と、その中を駆ける車の音に交じって、空気が震えるような音を聞いた。おばさんの足下に並んだマックのカップが、七つとも、揃って同じ方向に倒れた。

ざーっと、横断歩道に向けて、黒い小さな石が撒《ま》かれる。

石が広がるのに合わせて、不思議なことに、その時、あれだけ激しかった車の往来がふつりと、途切れた。

車道にバラ撒かれた黒い石の真ん中に、赤く、光るものが転がり出る。

おばさんの目がそれを見つける。拍子抜けしたように、彼女の膝《ひざ》からかくんと力が抜けて、その場にへたり込む。

私たちは、いそいで、車通りのなくなった横断歩道を渡った。渡る途中で、おばさんが這《は》いつくばるようにして道路のアスファルトに手を伸ばす。

黒い石に紛れ込んでいたのは、赤い、ビー玉だった。

透明なビー玉の中に、金魚の尾っぽのような筋を封じ込めた、赤いビー玉だ。

それを見つけたおばさんは、それをこの世のものとも思えぬような――それこそ、幽霊を見たような顔をして、見つめていた。

カップの全部が倒れても、横の花も、小さな花瓶もビール缶も、他のものは倒れたり、揺れたりした形跡がなく、変わらず置かれたままだ。私たちも、地震のような揺れは感じなかった。

「おばさん」

今度こそ、彩葉ちゃんが呼びかける。

ビー玉を手のひらに載せたおばさんが、それをゆっくり、ぎこちなく指を折って両手で握り締めた。そして、――泣き出した。

「キミカちゃん」

と、小さく、嚙《か》みしめるように名前を呼んで。

詳しいことはわからないし、何の意味があるのかも、わからない。だけど、わかった。マックのカップにこのビー玉を入れたのは、おばさんではない。

おばさんは、このビー玉をずっと、待っていたんだと。

その年の冬、おばさんたちの一家は町を去っていった。旦那《だんな》さんの転勤によるものだと、大人たちの話で聞いた。

引っ越しする少し前、帰り道でまた、おばさんに会った。

「よかった。会えて」

微笑んだおばさんは、相変わらず弱々しい印象だったけど、顔色は前ほど悪くなかった。もう横断歩道には立っていなかったし、マックのカップも置かれていなかった。

「もしよかったら、これ使って」

と、私たち二人に、キャラクターものの包装紙にくるまれたプレゼントをくれた。

「引っ越すんですか」と聞くと、「うん」とだけ答えて、どこに行くのかも、子どものことも、それ以上は話さなかった。

帰り際に、笑って、私たちに「さようなら」と言った。横断歩道を背にして、私たちに手を振った。おばさんがくれたのは、芯《しん》を押し出し式で替える、その頃流行していた〝ロケットペンシル〟だった。大人がよくくれるような味気ない一ダースの箱鉛筆なんかじゃなくて、きちんと今の自分たちに合ったものをくれたことを、私と彩葉ちゃんは、喜んだ。

おばさんがいなくなって少ししてから、その横断歩道に、信号がようやくついた。

あれから二十年近く経って、今も時折、車で前を通ると、目の前で子どもが手をピンと高く上げて通っていく。

子どもを連れて帰郷した際にその光景を見ると、おばさんが立っていた場所を、反射的に見てしまう。

怪談好きな私が、実際に体験した〝不思議なこと〟は後にも先にも、この一回だけだ。私より先に、自分の住んでいたのと同じ町で母親になった彩葉ちゃんとも、あの時のことを振り返って話すことは一切ない。

私が出会った〝幽霊〟は、寂しいからと人の命を奪うような存在ではなく、出ることを待ち侘《わ》びられ、自分を思う人を救おうと呼びかける、そういう、幽霊だった。

あの横断歩道で、あれから、事故は一度も起こっていないそうだ。

解説

朝霧《あさぎり》カフカ

幽霊は「怖い」か？

みなさま、「怖いお話」と聞いて、どんなお話を連想しますか？

幽霊の話。妖怪《ようかい》の話。殺人鬼の話。血や肉の飛び散るスプラッタ。悪意ある怪物が出てくる話。あるいは、悪意ある怪物さながらの人間が出てくる話。

つまり、怖いモノが出てくる話。

それが「怖いお話」あるいは「ホラーもの」の条件だと思っているのではないでしょうか。

少なくとも、まだこの短編集『きのうの影踏み』を読んでいない人は。

少しだけ私の話を。

私は、幽霊を怖いと思ったことがありません。もう少し正確に言うと、「この世にひそむほんものの怪異」と、「人間の脳が『怖い！』という感情シグナルを発するもの」は、それなりにズレがあるのではないか、と思っています。

人間の脳が恐怖を感じる対象は、ある程度パターンが分かっています。

たとえば暗闇。暗闇は視覚情報に乏しいため、何か危険な獣や罠《わな》があっても気づけない。だから「暗闇を怖がり離れる」本能は生存上、有利にはたらく。

たとえば悪霊。悪霊は普通の刃物や鈍器と違って、よく分からない方法で人間を傷つける。存在そのものの成立原理もよく分からないし、行動のルール（何に怒るか、何をすると危ないか）もよく分からない。そういう予測不能な存在に対しては、「怖がって離れる」というのが唯一の正解で、その他の本能はあるだけ無駄ということになる。

知らない異国も、豹変《ひょうへん》する隣人も、姿の見えないモンスターも、根本的にはすべて同じ。「先が読めない」から怖い。

つまり、恐怖という感情は「危険なモノ」というより、「危険っぽいけど、よく分からないモノ」に強く反応するという法則性を持つのです。

すべての感情は、生物として生き残るために発達した技術です。

恐怖も同じ。よく分からないもの——もう少し言えば「情報の不足」に人は恐怖を感じる。そして原始時代から、情報の不足に恐怖を感じる人間は、感じない人間より生存率が高かった。

そうした淘汰《とうた》の結果、現代に「恐怖を感じる人間」が生き残ったのです。

だから、作家が効率的に読者を怖がらせようと思えば、そのルールを徹底すればよい。

「危険なモノ」の「情報を不足」させればよいのです。

「銃」はルールが分かるから怖くないけれど、「何をどうしたら弾が出るのか、どこから弾が出るのか分からない、肉塊のような銃」だと怖い、というように。

おまけに血、肉、骨、悲鳴といった、「仲間がダメージを受けたと思える証拠」にも脳はすばやく反応するので、それらの小道具で物語を彩ってやれば、立派なホラーのできあがりです。

……ここまで読んだみなさん、私が「でもね」と言うのを待っていますね？　言います。

でもね。

この短編集『きのうの影踏み』は、違うのです。

この世にひそむほんものの怪異

幽霊やモンスターが「ほんものの怪異」ではなく、ただ恐怖がシステム的に惹起《じやつき》されているだけ、なのだとしたら、「ほんものの怪異」はどこにあるのでしょう？

それはここ、この本の中にあります。

私たちは、この世界は完全無欠のルールによって運行されていると信じています。日常には予測可能な一定の法則があり、こう押せばこう返ってくるという無言の約束事があり、それに沿っている限り理不尽なイベントは起きないと、そう信じて生きています。

電車の人混みにも、夜の自宅の薄闇にも、よく知った友達にも、すべてに「無言の約束事」が充塡《じゅうてん》されていると信じています。

現代の人々はそれを科学に教わりました。科学がない昔の人々は神さまに教わりました。

しかし……その約束事が世界の果てまで、まんべんなく広がっている保証なんて、本当はどこにもないのです。

ルールの「やぶれめ」が、どこかにあってもおかしくはないのです。

それがあなたの、今日そこに生活している、すぐ横にあったとしても。

短編集『きのうの影踏み』は、「やぶれめ」にまつわる物語です。

その「やぶれめ」がどんな様子で現れるのかは分かりません。十円玉の儀式かもしれないし、ファンレターかもしれないし、脚が長い虫かもしれない。

少なくとも言えるのは、それに遭遇してしまったら、「世界は予想どおりルールどおりに、あたりまえに進んでいくんだな」と信じることはもうできない。

ひとつ信じられなくなると、すべてが信じられなくなる。

だって本当はこの世に約束事なんてないんだから。

その事実に、気づいてしまうこと。それが「ほんものの怪異」です。単なる感情のパターンを超えた先にある、この世界にあらかじめ内包された、真のホラーです。


主人公が殺されそうになるから怖いのではなく。

血や骨が突然バーンと出てくるから怖いのではなく。

もし、この短編集の中に出てくる怪異のひとつが、今日の夜、寝ているあなたの足を、ベッドから出ている足を、ひゅっと掴《つか》んだら……

そう思えるから怖い。

だって、そんなことはないと、誰にも言い切れないから。

この世に「やぶれめ」が発見されることは今後も絶対にない、とは、どんな科学者も宗教者も確かめられないのだから。


こんな怪談を書ける人は、日本の中にもそう何人もはいません。

未読のかたはぜひ一度、もう読んだ人はこの解説を参考にもう一度、この珠玉の怪談集を楽しんで頂ければと思います。

楽しみ方の参考といえば、もうひとつ紹介を。

ここに収められた13の短編には、随所に「母」という隠されたテーマが鏤《ちりば》められています。

さまざまなインタビューや書評で、この本のテーマは母親となった辻村先生の世界の見え方を反映したものだ、と説明されています。

母の思い、子との絆《きずな》。

この短編集が「やぶれめ」の物語だとすれば、母から子への愛は「世界がやぶれても切れず残る糸」です。

怪異を見せて終わりではなく、ただ絆や愛という美しいものを見せて終わりではなく、そのふたつが同時に現れることによって見えてくる風景。

母の愛が怪異を縫い合わせてくれるのか、あるいは怪異をいっそう引き立てるコントラストになるのか……それぞれの短編の中で、その目で確かめてみてください。

本書は、二〇一五年九月に小社より刊行された
単行本を文庫化したものです。

きのうの影踏《かげふ》み
辻村深月《つじむらみづき》

平成30年 8月25日　初版発行
令和6年 5月15日　9版発行

発行者●山下直久

発行●株式会社KADOKAWA
〒102-8177　東京都千代田区富士見2-13-3
電話　0570-002-301（ナビダイヤル）

角川文庫 21101

印刷所●株式会社KADOKAWA
製本所●株式会社KADOKAWA

表紙画●和田三造

●お問い合わせ
https://www.kadokawa.co.jp/（「お問い合わせ」へお進みください）
※内容によっては、お答えできない場合があります。
※サポートは日本国内のみとさせていただきます。
※Japanese text only

ISBN978-4-04-106992-9　C0193

◆◇◇

角川文庫発刊に際して

角川源義

第二次世界大戦の敗北は、軍事力の敗北であった以上に、私たちの若い文化力の敗退であった。私たちの文化が戦争に対して如何に無力であり、単なるあだ花に過ぎなかったかを、私たちは身を以て体験し痛感した。西洋近代文化の摂取にとって、明治以後八十年の歳月は決して短かすぎたとは言えない。にもかかわらず、近代文化の伝統を確立し、自由な批判と柔軟な良識に富む文化層として自らを形成することに私たちは失敗して来た。そしてこれは、各層への文化の普及滲透を任務とする出版人の責任でもあった。

一九四五年以来、私たちは再び振出しに戻り、第一歩から踏み出すことを余儀なくされた。これは大きな不幸ではあるが、反面、これまでの混沌・未熟・歪曲の中にあった我が国の文化に秩序と確たる基礎を齎らすためには絶好の機会でもある。角川書店は、このような祖国の文化的危機にあたり、微力をも顧みず再建の礎石たるべき抱負と決意とをもって出発したが、ここに創立以来の念願を果すべく角川文庫を発刊する。これまで刊行されたあらゆる全集叢書文庫類の長所と短所とを検討し、古今東西の不朽の典籍を、良心的編集のもとに、廉価に、そして書架にふさわしい美本として、多くのひとびとに提供しようとする。しかし私たちは徒らに百科全書的な知識のジレッタントを作ることを目的とせず、あくまで祖国の文化に秩序と再建への道を示し、この文庫を角川書店の栄ある事業として、今後永久に継続発展せしめ、学芸と教養との殿堂として大成せんことを期したい。多くの読書子の愛情ある忠言と支持とによって、この希望と抱負とを完遂せしめられんことを願う。

一九四九年五月三日

角川文庫ベストセラー

深泥丘奇談《みどろがおかきだん》・続《ぞく》　綾辻行人

激しい眩暈が古都に蠢くモノたちとの邂逅へ作家を誘う。廃神社に響く〝鈴〟、閏年に狂い咲く〝桜〟、神社で起きた〝死体切断事件〟。ミステリ作家の「私」が遭遇する怪異は、読む者の現実を揺さぶる——。

私の家では何も起こらない　恩田陸

小さな丘の上に建つ二階建ての古い家。家に刻印された人々の記憶が奏でる不穏な物語の数々。キッチンで殺し合った姉妹、少女の傍らで自殺した殺人鬼の美少年……そして驚愕のラスト！

鬼談百景　小野不由美

旧校舎の増える階段、開かずの放送室、塀の上の透明猫……日常が非日常に変わる瞬間を描いた99話。恐ろしくも不思議で悲しく優しい。小野不由美が初めて手掛けた百物語。読み終えたとき怪異が発動する——。

幽談　京極夏彦

本当に怖いものを知るため、とある屋敷を訪れた男は、通された座敷で思案する。真実の〝こわいもの〟を知るという屋敷の老人が、男に示したものとは。「こわいもの」ほか、妖しく美しい、幽き物語を収録。

冥談　京極夏彦

僕は小山内君に頼まれて留守居をすることになった。襖を隔てた隣室に横たわっている、妹の佐弥子さんの死体とともに。「庭のある家」を含む8篇を収録。生と死のあわいをゆく、ほの瞑（ぐら）い旅路。

角川文庫ベストセラー

エムブリヲ奇譚
山白朝子

旅本作家・和泉蠟庵の荷物持ちである耳彦は、ある日不思議な〝青白いもの〟を拾う。それは人間の胎児エムブリヲと呼ばれるもので……迷い迷った道の先、辿りつくのは極楽かはたまたこの世の地獄か――。

そっと、抱きよせて
競作集〈怪談実話系〉
辻村深月、香月日輪、藤野恵美、伊藤三巳華、朱野帰子 他／編／幽編集部　監修／東　雅夫

田舎町で囁かれる不吉な言い伝え、古いマンションに漂う見えない子供の気配、霧深き山で出会った白装束の男たち――。辻村深月、香月日輪、藤野恵美をはじめ、10人の人気作家が紡ぎだす鮮烈な恐怖の物語。

きっと、夢にみる
競作集〈怪談実話系〉
中島京子、辻村深月、朱野帰子、小中千昭、皆川博子 他／編／幽編集部　監修／東　雅夫

幼い息子が口にする「だまだまマーク」という言葉に隠された秘密、夢の中の音に追いつめられてゆく恐怖……ふとした瞬間に歪む風景と不穏な軋みを端正な筆致で紡ぐ。10名の人気作家による怪談競作集。

虹色の童話
宇佐美まこと

2017年、長編『愚者の毒』で日本推理作家協会賞を受賞した宇佐美まことが贈る、イヤミス×怖い童話！　古びたマンションの住人たちに打ち続く不幸の裏にちらつく影は一体？　長編ホラーミステリー。

敗者の告白
深木章子

とある山荘で、妻子の転落死事件が発生。容疑者となった夫の供述、妻が遺した手記、子供が書いた救援メール。証言は食い違い、事件は思いも寄らない顔を見せはじめる。〝告白〟だけで構成された大逆転ミステリ！